GALS!

MIHONA FUJII

GALS!
PFFF
TU NE SERAIS PAS AMOUREUSE DE MOI ?
TU TE CROIS DANS UN FEUILLETON À LA TÉLÉ ?
SHBAAF!
EEEK
NON MAIS POUR QUI TU TE PRENDS ?!
C'EST VRAI QU'IL SE PREND AU SÉRIEUX !

GALS!
[1]
CHAPITRE 1 - LES KOGALS SONT INVINCIBLES !

top sales by syndy
devil BODY great
intersept when original cophidence
DRAGON ones a time in america produced
come on ZOO.
combinience store

SALUTATIOOONS...

Yess !!! Le premier volume de "GALS !" est sorti !
Mes compliments, ma petite Mihona ! Merci,
Mihona chérie ! **Débile ?**

Ce que je veux dire, c'est : bonjour !
Je suis Mihona Fujii ! Ça a été une longue
attente jusqu'à la sortie du tome 1 !
Je suis siii heureuse !! (Pleure de joie).
Merci à tous ceux qui l'ont acheté ! (Et à ceux
qui le lisent en l'ayant emprunté aux copains !)

Pour ce volume, nous avons une invitée plus que spéciale !!
C'est... C'est... Sayaka, du groupe Morning Musume !!
Elle a bien voulu donner ses impressions...
Yahoo, yahoo ! ahh, la météo...
(complètement débile)

Et ensuite, résurrection !!
Mon frère a dessiné pour nous des coins
de pages spéciaux ! Il a surtout fait des
fausses annonces publiques, amusez-vous !

J'ai écrit plein de free-talk aussi,
donc si ça vous plaît, lisez-les !
J'espère que tout le monde pourra lire
ce premier volume et repartir de bonne humeur
et avec une sensation de fraîcheur !
Du moins c'est ce que je vous souhaite !

Amusez-vous bien avec "GALS !"

Mihona. F

OUCH !
QUI POURRAIT AIMER UN TORDU PAREIL ?!
NE ME SOUS-ESTIME PAS !
GUEULE DE POUL-PE !!
BLA
BLA BLA BLA

CO... COMMENT ?
SATORU ?
HÉ, TOI ! QU'EST-CE QUE TU AS FAIT À MON PETIT AMI ?!
ESPÈCE DE TRUIE !
U-21
FERME-LA, ABRUTIE !
SI TU VEUX TOUJOURS ME CHERCHER MAINTENANT QUE TU SAIS QUE MON NOM EST RAN KOTOBUKI, TU PEUX VENIR !
BOM
JE T'ATTENDS !

RAN KOTOBUKI ?!
C'EST CETTE FILLE QUI MET SHIBUYA SENS DESSUS DESSOUS CES DERNIERS TEMPS !
ELLE EST DANGEREUSE, BARRONS-NOUS !
PAS QUESTION ! UNE KOGAL NE RECULE JAMAIS QUAND QUELQU'UN LA POUSSE À LA BAGARRE ! C'EST UNE DE NOS LOIS !
N'IMPORTE QUOI ! JE N'AI JAMAIS ENTENDU PARLER DE CETTE LOI !!
ÇA N'EXISTE PAS !
ON Y VA, LES FILLES !
CAFE
BAKERY CAFE
TU ES COURAGEUSE !
JE T'ATTENDS !
J'ARRÊTE PAS DE SAIGNER...
ÇA S'ARRÊTE LÀ.
SUIS-MOI AU POSTE.

MAIS... MAIS NOOON !! ÇA ALLAIT JUSTEMENT DEVENIR AMUSANT !
WOOSH
ÇA NE MÉRITE MÊME PAS DE RÉPONSE.
BWHA HA HA HA HA, CRÉTINE !
TAP TAP TAP TAP
ELLE S'EST FAIT ARRÊTER, HA HA HA !
FUYONS !!
MERDE !
AHH, JE TE RENDS CE SAC AFFREUX QUE TU M'AS DONNÉ !
WOOM
WARGH !
QU'EST-CE QUE VOUS REGARDEZ TOUS ?!
YAAK
AH, ME TRAÎNE PAS, TOI !
渋谷
POSTE DE POLICE DE SHIBUYA
手配
BEN DIS DONC !

URGH
JE SUIS POLICIER POUR PROTÉGER SHIBUYA, ET PAS POUR TE PROTÉGER, RAN !
TU ES EN TRAIN DE TE FAIRE PAYER DES VÊTEMENTS ET DES SACS À MAIN PAR DES HOMMES ?!
HÉ, RAN ! TU M'ÉCOUTES ?
C'EST EUX QUI ME LES OFFRENT, MOI JE NE LEUR AI RIEN DEMANDÉ.
C'EST DOMMAGE POUR CE SAC, PAR CONTRE.
SI JE N'ÉTAIS PAS TON FRÈRE, TON CASIER NE SERAIT PLUS VIERGE DEPUIS LONGTEMPS !!
TSS !
BOM BOM BOM BOM
TU POURRAIS AU MOINS AVOIR L'AIR MOINS INGRATE !
OK OK, MERCI BEAUCOUP...
JE SUIS RAN KOTOBUKI, J'AI 16 ANS.
MON PÈRE EST UN BOSS FLIC, MA MÈRE EST UNE FEMME-FLIC, MON GRAND FRÈRE EST UN FLIC DE QUARTIER, ET MA PETITE SŒUR EST UNE FUTURE FLIC.
VOILÀ MA TRISTE VIE DE LYCÉENNE EN SECONDE...
AHH ! TU M'IRRITES !

ÉCOUTE BIEN, FRÉROT !
JE NE DEVIENDRAI JAMAIS FLIC COMME LE VOUDRAIENT LES PARENTS !
HOP!
JE CONTINUERAI À ÊTRE UNE KOGAL JUSQU'À CE QU'ILS ABANDONNENT ! ALORS, T'AS INTÉRÊT À T'HABITUER !
J'POURRAIS JAMAIS ÊTRE UNE MEUF-KEUF !
SUR-VEILLE TON LANGA-GE !
TOK TOK !
HELLO !
VOILÀ MIYU QUI DÉBAR-QUE !

KIKOO.
KIKOO !
YAMATO, TU ES DE SERVICE CE SOIR, NON ? J'AI PRÉPARÉ UN REPAS POUR TOI !
OH !
WHOO HOU !
LE "REPAS DE L'ÉPOUSE AMOUREUSE" ?
T'AS UN FAIBLE POUR LES LOLITAS, DIS DONC, FRÉROT !
EUH... TAIS-TOI !
HÉHÉHÉ... NOUS SOMMES TOMBÉS AMOUREUX APRÈS QUE J'AI ÉTÉ ARRÊTÉE.
LOVE LOVE
C'EST SI THÉÂTRAL, NON ?
MIYU ! JE SUIS EN PLEIN SERVICE !
VOUS VOUS ÊTES DÉJÀ EMBRASSÉS ?
KYA !
IL Y A EU UN VOL AU CENTRE DE SHIBUYA, NOUS AVONS BESOIN DE RENFORTS.
BIEN COMPRIS ! J'ARRIVE.

MIYU, MERCI POUR LE DÎNER !
RAN ! RENTRE À LA MAISON TOUT DE SUITE ! À PLUS !
FAIS BIEN ATTENTION !
CLING CLING
AHHN, IL EST TROP BEAU ET COURAGEUX !
OÙ ÇA ?
AHH, YAMATO...
IL A EU LA GENTILLESSE D'ÉCOUTER CE QUE J'AVAIS À DIRE, LORSQUE J'ÉTAIS AU FOND DU PUITS...
ET LA CHALEUR DE SON CŒUR M'A RÉCHAUFFÉE ET RAMENÉE DES TÉNÈBRES...
JE VAIS T'EXPLOSER LA FACE !
JE SUIS PRÊT À T'ÉCOUTER, ALORS RACONTE-MOI TES PROBLÈMES !
TA GUEULE, LE KEUF !
MIYU AU FOND DU PUITS
YAY!
CE POSTE DE POLICE EST LE POSTE DE NOS SOUVENIRS, CELUI DE NOTRE RENCONTRE, AHHH...
ET ALORS, VOUS VOUS ÊTES DÉJÀ EMBRASSÉS OU NON ?
UH!
NAAN... IL DIT QU'ON DOIT ATTENDRE QUE JE GRANDISSE ENCORE UN PEU...
T'INQUIÈTE PAS, ALLEZ ! ÇA VAUT MIEUX QU'UN MEC TROP RAPIDE !
C'EST VRAI QU'IL EST POURRI DE SÉRIEUX, LUI !

EUH ? TOI AUSSI TU AS L'AIR BIEN SÉRIEUSE AUJOURD'HUI, RAN !
HUHUM
MA DEVISE EST DE NE JAMAIS FAIRE DES TRUCS AVEC UN TYPE SI JE NE SUIS PAS SÛRE DE SES SENTIMENTS !
IL EN FAUT 2 EN AMOUR, PAS 1 SEUL !
MAIS JE ME SUIS BIEN ASSURÉE ! ET D'AILLEURS, JE SUIS JUSTE EN TRAIN D'ATTENDRE QUE MES SEINS DEVIENNENT PLUS GROS AVANT QU'ON FASSE QUELQUE CHOSE !
ÇA POUSSE, ÇA POUSSE...
T'ES COMPLÈTEMENT DÉBILE...
AHH, J'ÉTAIS SÛRE QUE TU LE DIRAIS !
SHPOF
REGARDEZ ÇA !
J'AI RÉUSSI À AVOIR UN SAC À MAIN DU LYCÉE MEISHŌ DAIICHI !

C'EST PAS VRAI ?? J'EN AI TROP ENVIE !
N'EST-CE PAS !
C'EST UN VRAI ?
EN PLUS, CELUI QUI ME L'A VENDU EST ASÔ EN PERSONNE, LE N°2 DU CONCOURS DES "SUPER-LYCÉENS" !
MOITIÉ PRIX !
OHH, REGARDEZ ÇA !!...
GAL
CELUI-CI ?
N°2
YÛYA ASÔ (16 ANS) EN SECONDE AU LYCÉE MEISHÔ DAIICHI
Profil :
(1) né en 1982, le 27 novembre
(2) fait du tir à l'arc.
(3) type sanguin : 0
(4) 182 cm
(5) 61 kg
message aux fans : je cherche une petite amie !
N°3
N°4
IL EST PLUTÔT BEAU GARÇON !
OUI ! LE N°2 DU GRAND PRIX SUPER-LYCÉENS !
EN FAIT, JE VOULAIS LE SAC DE REI OTOHATA, LE VAINQUEUR DU GRAND PRIX, MAIS BON...
LEQUEL ?
LA COMPÉTITION DOIT ÊTRE DURE !
GALS !
SPÉCIAL STREET FASHION

AH, VOILÀ SA PHOTO.
IL A UN AIR DE GENTIL GARÇON INTELLIGENT.
J'AI HORREUR DE CE GENRE !
SUPER SEXY ! Pour la 3ème fois !
VAINQUEUR DU GRAND PRIX SUPER-LYCÉENS
VICTOIRE !
Rei Otohata du
Meishô Daïichi
Ce qu'est le concours super-lycéens : c'est un concours tenu par un magazine de street fashion (la mode des rues) pour élire des lycéens qui tout en étant des gens normaux, ont souvent leur photo prise pour des magazines, et ont obtenu auprès des filles une popularité proche de celle des présentateurs télé.
NE DIS PAS DU MAL DE REI OU JE TE...
C'EST MON IDOLE, ET IL EST BIEN MEILLEUR QUE N'IMPORTE QUEL AUTRE !
AVANT, C'ÉTAIT LA MODE DES SACS DU LYCÉE TOKUSHIN GAKUEN, MAIS...
...MAINTENANT, ON N'ENTEND PLUS PARLER QUE DE MEISHÔ !
C'EST DOMMAGE QU'ILS NE PORTENT PAS DE CRAVATE, MAIS BON...
LE FAIT DE POSSÉDER UN SAC COMME ÇA EST UNE QUESTION D'HONNEUR POUR UNE KOGAL.

JE VEUX...
PAF PAF
ROULE ROULE ROULE ROULE
AHHHH, Z'EN VEUX UN MOI AUSSI !!!
ENCORE PLUS SI C'ÉTAIT GRATOS !!
ÇA Y EST, ELLE EST HYSTÉRIQUE À NOUVEAU...
J'AI VU UN TRUC COMME ÇA À LA TV...
ELLE VEUT TOUT CE QUI EST À LA MODE...
...ET POURTANT ELLE N'A AS UN SOU...
J'AI PAS LE CHOIX...
JE VAIS DEVOIR TROUVER UN JOB.
J'AI LA FLEMME DE BOSSER, MAIS...
AH, AU FAIT, T'AS ENTENDU...
...LA RUMEUR AU SUJET DE HOSHINO ?
IL PARAÎT QU'ELLE SE PROSTITUE.
NON ?!!
QUELQU'UN L'A VUE À SHIBUYA EN COMPAGNIE D'UN VIEUX !
EEW...

AVEC SES AIRS DE SAINTE-NITOUCHE...
OUI, QUI AURAIT CRU...
SI C'ÉTAIT QUELQU'UN COMME RAN, CE NE SERAIT PAS ÉTONNANT, MAIS...
OHHH, MONSIEUR, VOUS M'ACHÈTEREZ DES BEAUX VÊTEMENTS ?...
GYAH ! ELLE S'Y CROIT !
ÇA VA PAS LA TÊTE ! JAMAIS DE LA VIE !!
PAF
URG !
OUCH !
BAM
TU POURRAIS TAPER MOINS FORT !
HÉ ?... HOSHINO FERAIT-ELLE UN TRUC PAREIL ?
ÇA NE ME CONCERNE PAS, MAIS...

SHIBUYA 109
Winter Fair
C'EST CE QUE TU AS DERRIÈRE LA TÊTE, RAN ?...
...LE SAC !
EUH ?

CONVERSATIONS PENDANT QUE JE DESSINE "GALS !"

Ran a pas mal changé depuis le début ! (Lol) si vous continuez la lecture, vous remarquerez que la longueur de ses cheveux diminue entre les chapitres 3 et 4... ce n'est pas une excuse, mais j'ai trouvé que le manga serait plus light et marrant si ses cheveux étaient plus courts, donc hop (mais il n'y a pas eu de scène où elle va chez le coiffeur, alors...)

Je reçois pas mal de lettres où l'on me demande "pourquoi as-tu décidé de dessiner un manga sur les Kogals ?". En fait, juste avant de commencer la série, j'étais tombée sur un livre dans lequel l'auteur disait que "le boom des Kogals était fini". Cette phrase m'a mis dans un tel malaise que j'en suis restée figée à regarder le livre en me disant " ??!"...

NAKK
IL Y A UN MOYEN BIEN MEILLEUR QUE LE VOL !
MAIS TU ES SI BÊTE !
JE NE SUIS PAS RASSURÉE...
AOUÏLLE !!
OH !
À L'ATTAQUE !
DAN
KHAKSH
LÀ-BAS !
CE N'EST PAS L'UNIFORME DE MEISHÔ ?

AH !

AHH ! C'EST LUI !!
REI OTOHATA, LE "SUPER LYCÉEN" !!
...
GÉNIAL !
IL A L'AIR FAIBLARD, JE PEUX LE DÉMOLIR D'UN COUP DE POING !
ET EN PLUS, JE POURRAIS M'EN VANTER AUPRÈS DES AUTRES FILLES !
FILE-MOI TON SAC !

T'ES QUI ?...
JE SUIS RAN KOTOBUKI, EN SECONDE AU LYCÉE HÔNAN.
FILE-MOI TON SAC.
NON.
FWOP!
FILE-LE-MOI, FILE-LE-MOI, FILE-LE-MOI !
NE JAMAIS LÂCHER LA PROIE QU'ON A ATTRAPÉE, C'EST UNE DES RÈGLES DES KOGALS !!

C'EST ÇA, TON MOYEN MEILLEUR QUE LE VOL ?!
TU ES VRAIMENT DÉBILE !
TA GUEULE !
NURGH
IL S'EST DÉJÀ FAIT VOLER TROIS SACS COMME ÇA.
IL VAUDRAIT MIEUX QUE TU TE DÉSISTES...
TOKYU
HÉ, KOTOBUKI !!
OH ! T'ES LE N°2 !
QU'EST-CE QUE TU FOUS ?!
COMMENT OSES-TU T'APPROCHER DE REI ?
HARG GRRR
IL EST L'IDOLE DES KOGALS !
FAIS-TOI ENCORE ARRÊTER !
QU'EST-CE QUE VOUS ME VOULEZ, BANDE DE LARVES ? DÉGAGEZ !
GRRRR
HARG
GR
HURG HURG
...
COMBIEN ?
HÉ ?

COMBIEN AS-TU ?
DU BLÉ ?
RIEN DU TOUT !
CH'UIS UNE CRÈVE-LA-FAIM.
HUM..
ALORS JE TE LE DONNE SI TU ME PAIES AVEC TON CORPS.
JE N'AIME PAS LES KOGALS, MAIS BON...
DE TOUTES FAÇONS, ÇA DOIT ÊTRE UNE CHOSE QUE TU FAIS TOUT LE TEMPS, NON ?
WOOP

NE RACONTE PAS DE CONNERIES !
SI TU PENSES QUE TOUTES LES KOGALS FONT CE GENRE DE COMMERCE, TU TE PLANTES LE DOIGT DANS L'ŒIL !
EN PLUS, MOI...
PAF !
...JE SUIS ENCORE VIERGE !
SURPRIS, LES NULS ?
FIOUUU
HURG

HYAAAAAAA
ELLE EST ENCORE VIERGE ?!! C'EST NUUUL !!
FERMEZ-LA !
JE PRENDS ÇA TRÈS AU SÉRIEUX !
NE MÉSES-TIME PAS...
TIP!
...LES KOGALS !
PFFF..
TAP TAP TAP TAP
HMM, ELLE A BIEN FINI PAR PARTIR AVEC LE SAC...
MON PORTE-FEUILLE ...
HUH ?
HEUREU-SEMENT QUE JE L'AVAIS SUR MOI.
HMM...

"RAN-CHAN"...
ELLE M'A FAIT UNE SUPER IMPRESSION !
LA PROCHAINE FOIS, JE L'INVITERAI PEUT-ÊTRE À SORTIR...
JE ME DEMANDE SI ELLE EST VRAIMENT VIERGE...
YÛYA... TU AS LA TÊTE PLEINE D'OBSCÉNITÉS EN CE MOMENT, NON ?
HÉHÉ, C'EST DE MON ÂGE, IL PARAÎT.
ZUUT !
J'ÉTAIS TELLEMENT EN COLÈRE QUE J'AI EMBARQUÉ LE SAC SANS M'EN RENDRE COMPTE !
MEISHŌ HISCHOOL

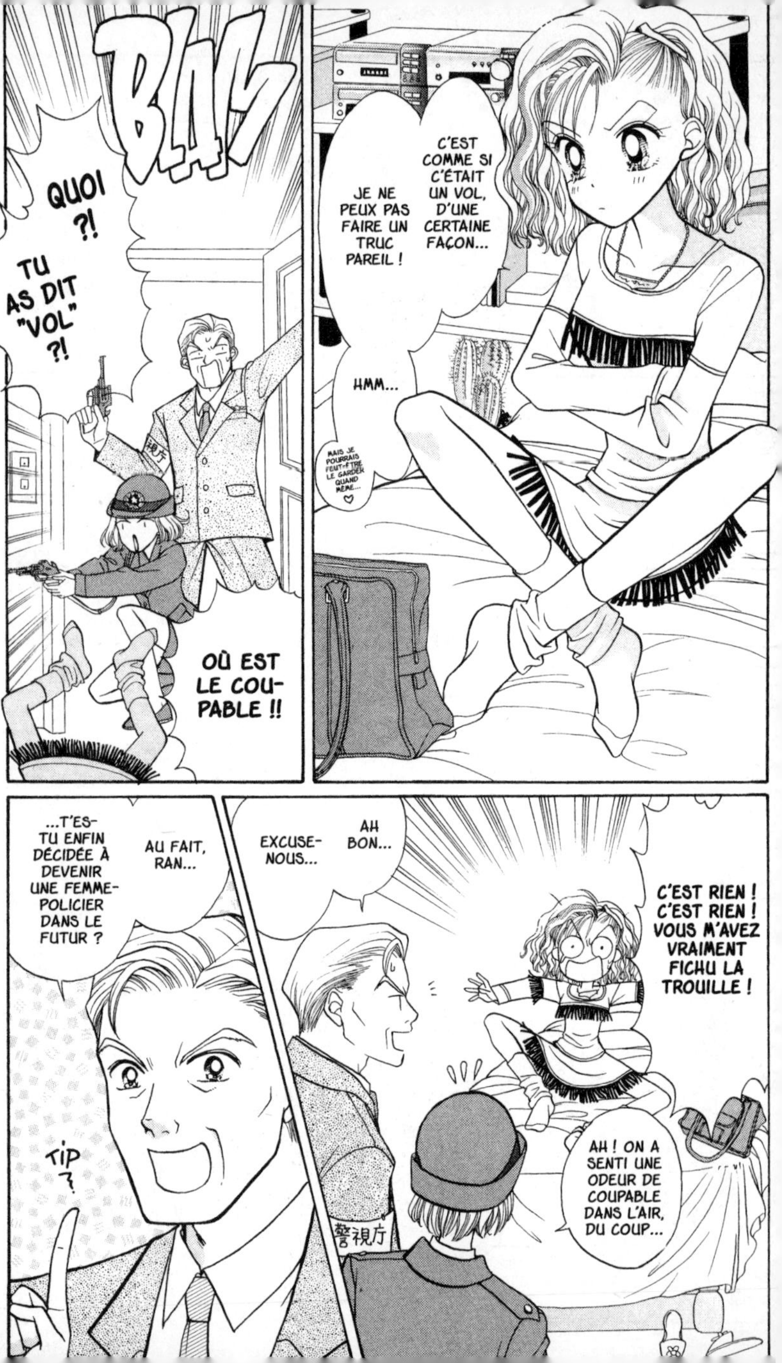
C'EST COMME SI C'ÉTAIT UN VOL, D'UNE CERTAINE FAÇON...
JE NE PEUX PAS FAIRE UN TRUC PAREIL !
HMM...
MAIS JE POURRAIS PEUT-ÊTRE LE GARDER QUAND MÊME... ♡
BLAM
QUOI ?!
TU AS DIT "VOL" ?!
OÙ EST LE COUPABLE !!
C'EST RIEN ! C'EST RIEN ! VOUS M'AVEZ VRAIMENT FICHU LA TROUILLE !
AH ! ON A SENTI UNE ODEUR DE COUPABLE DANS L'AIR, DU COUP...
AH BON...
EXCUSE-NOUS...
警視庁
AU FAIT, RAN...
...T'ES-TU ENFIN DÉCIDÉE À DEVENIR UNE FEMME-POLICIER DANS LE FUTUR ?
TIP ?

JE L'AI DÉJÀ DIT MILLE FOIS ! JAMAIS JE NE DEVIENDRAI FLIC !!
HA HA HA ! TU NE PEUX PAS Y ÉCHAPPER !
TU AS DU SANG DE POLICIER QUI COULE DANS TES VEINES !
TES GRANDS-PARENTS, TES ARRIÈRE-GRANDS-PARENTS ÉTAIENT TOUS DES POLICIERS ! TOUTE NOTRE FAMILLE EST DANS LA POLICE ! C'EST TON DESTIN DE DEVENIR UNE FEMME-POLICIER TOI AUSSI !
(BY PAPA)
RÉSIGNE-TOI.
ALLEZ.
TA MÈRE PLEURE, REGARDE.
JE REFUSE.
OYAKODON
*Plat japonais signifiant "les parents & l'enfant"(du poulet avec de l'oeuf)
TU N'ES PAS GENTILLE !
VRAIMENT ?
TU RIGOLES ?!
JE REFUSE DE MARCHER SUR UNE ROUTE TRACÉE PAR MES PARENTS ET PAS PAR MOI-MÊME !
JE VIVRAI DE LA FAÇON QUE JE CHOISIRAI !

DASH !
BLL BLL BLL !
RAN ! OÙ VAS-TU ?! "YOU ARE UNDER ARREST !"
EH BIEN ! ET SAYO AUSSI EST SORTIE JOUER.
LES ENFANTS SONT BIEN TURBULENTS.
HÉ HÉ HÉ, NE T'INQUIÈTE PAS, MA CHÉRIE !
J'AI UN PLAN POUR RAMENER RAN DANS LE DROIT CHEMIN.
AHH, ILS ME FICHENT LA RAGE !
LES PARENTS SONT TELLEMENT ENNUYEUX !
JE VOUDRAIS GRANDIR VITE POUR ALLER HABITER TOUTE SEULE !
学童横断中
TIP TIP
EUH ?
HOSHINO ?

AH, KOTO-BUKI ?
HEY !
TU SORS À CETTE HEURE-CI ?
OUI...
WOOP... WOOP !
QU'EST-CE QU'IL Y A ?
JE SUIS SORTIE EN CACHETTE...
...IL NE FAUT SURTOUT PAS QUE MES PARENTS LE DÉCOUVRENT.
...

T'AS ENTENDU LA RUMEUR AU SUJET DE HOSHINO ?
DIS, HOSHINO ?...
...EST-CE QUE TU TE PROSTITUES ?
...
POU... POURQUOI ME DEMANDES-TU ÇA ?
IL Y A UNE RUMEUR À TON SUJET, TOUT LE MONDE EN PARLE.
SI C'EST FAUX, J'IRAI LEUR DIRE, POUR QUE CETTE HISTOIRE S'ARRÊTE LÀ.

BWAHAHA!
OUBLIE ÇA, C'EST RIEN DU TOUT ! UNE FILLE AUSSI STUDIEUSE ET DE BONNE FAMILLE N'IRAIT JAMAIS FAIRE ÇA !
...
C'EST VRAI !
JE SUIS UNE "ESCORT" !
WARGH ?!
TU N'AS QU'À ALLER LE DIRE À TOUT LE MONDE, JE M'EN FICHE !
HOSHINO ?! ATTENDS !

C'EST VRAI ?!
QUOIIII ? C'EST LE SAC DE REI OTOHATA ?!
MEISHŌHISCHOOL
KYAA, LAISSE-MOI LE TOUCHER, LAISSE-MOI !
HA HA HA ! TOUCHEZ, TOUCHEZ ! JUSTE CETTE FOIS-CI.
SALE PINGRE !
JE VOUS LE VENDRAIS BIEN, MAIS PAS POUR MOINS DE 400 EUROS* !
NE TE FICHE PAS DE NOUS !
ET TU ES FILLE DE FLIC ?!
J'AI LA RAGE !
HM ?
HOSHINO N'EST PAS VENUE AUJOURD'HUI ?

* 50.000 YENS.

JE NE PEUX PAS LA LAISSER TOMBER COMME ÇA...
POSTE DE POLICE DE SHIBUYA
SON NOM EST AYA HOSHINO.
A-T-ELLE DÉJÀ ÉTÉ ARRÊTÉE ?
HOSHINO... HOSHINO...
JE N'AI PAS DE HOSHINO ICI.
UNE FILLE AVEC DES CHEVEUX NOIRS LONGS ET DES YEUX EN AMANDE ?
EUH ?...
MAIS IL Y EN A DES MILLIONS COMME ÇA, COMMENT JE POURRAIS SAVOIR ?
PURÉE, T'ES VRAIMENT INUTILE !
COMMENT ?!
YOUHOO !
VOUS SAVEZ QUI JE VIENS DE VOIR ?!
HOSHINO, ELLE ÉTAIT HABILLÉE COMME UNE STREET GIRL, J'AI ÉTÉ VRAIMENT SURPRISE !
KOIII ?!
STREET GIRL = fille qui s'habille à la dernière mode de la rue dans les quartiers branchés. (nombreuses font de l'escorte, ce qui n'aide pas la réputation des autres)

OÙ ! OÙ TU L'AS VUE ?!
EUH, EUH...
PRÈS DE BUNKA-MURA...
POSTE DE POLICE DE SHIBUYA
FRÉROT ! JE TE PRENDS TON VÉLO !
QUOI ?! NON !
RAN !
wik wik
LES FREINS NE MARCHENT PAS !
QUOIIII ?!
FLIC DÉBILE, POURQUOI TU L'AS PAS DIT PLUS TÔT ?!
FLOP FLOP !
SHBADADABA !

MER-
DEUH...
AH !
VROOOOOOOM
OTO-
HATA !
ET LE
N°2 !!
SGNOOP
OH, RAN-
CHAN !
AH !
À
BUNKA-
MURA !
QUOI
?!
HE !
HO !
ON N'EST
PAS UN
TAXI !
JE TE
DIS D'Y
ALLER,
FONCE !
C'EST
DANGE-
REUX
!!
JE VAIS
ÊTRE EN
RETARD
À MON
BOULOT...
AHH,
L'ÉQUILI-
BRE !!
VROOOOOO

(suite)

J'en ai tiré la conclusion suivante : "alors les kogals se sont finalement insérées dans la société..." quand on entend moins parler de quelque chose dans les médias, on en déduit souvent que le boom de telle ou telle mode est passé... alors qu'en fait c'est souvent faux, cette chose est juste rentrée dans les mœurs. les médias disent souvent du mal des kogals, mais toutes les filles qui portent des "loose socks" et qui se font des mèches dans les cheveux ne sont pas toutes mauvaises comme quelques personnes le pensent ! Et en me disant ça, j'ai eu envie de le démontrer. Je voulais prouver qu'il y a kogal et kogal, et voilà pourquoi ce manga est né.

QU'EST-CE QUE TU ES VENUE FAIRE ?!
T'ATTENDS UN CLIENT ? ARRÊTE CE MÉTIER !
DÉGAGE D'ICI !
C'EST MOI QUI AI CHOISI DE FAIRE ÇA ! PERSONNE N'A LE DROIT DE S'EN MÊLER !
POURQUOI AS-TU TELLEMENT BESOIN D'ARGENT ?
MES PARENTS SONT TROP SÉVÈRES... JE DOIS ÊTRE RENTRÉE À 6 HEURES DU SOIR... ILS NE ME LAISSENT PAS PRENDRE UN PETIT BOULOT NON PLUS...
SI JE N'AI PAS LES MEILLEURES NOTES ILS SONT FURIEUX ET ME PASSENT UN SAVON TERRIBLE...
MOI AUSSI JE VEUX M'AMUSER COMME TOUT LE MONDE !
JE VEUX FAIRE DU SHOPPING AUSSI !

T'AS DÉJÀ VENDU TON CORPS ?
NON...
JUSQU'À MAINTENANT, JE NE FAISAIS QUE DES SORTIES COMME COMPAGNIE...
MAIS CE SOIR...
...JE CROIS... QUE JE VAIS LE FAIRE...
UNE KOGAL PEUT PARFAITEMENT S'AMUSER MÊME SANS ARGENT !
TU N'AS PAS D'ORGUEIL ?
JE M'EN FOUS.
AU DÉBUT J'AVAIS TERRIBLEMENT HONTE, MAIS CES DERNIERS TEMPS, PLUS DU TOUT...
...JE ME DIS QUE SI JE NE VENDS PAS MON CŒUR, ÇA IRA.
ANNONCE
NO!
POUR UNE VILLE AVEC 0% DE PROSTITUTION
PRÉFECTURE DE TÔKYÔ
VRAIMENT ?

HOO...
ALORS À PART TON CŒUR, TU TE FOUS DU RESTE ?...
GRRRR GRRRR
OUI !
TU AS UN PROBLÈME AVEC ÇA ?
J'VAIS TE FAIRE AVALER TES PROPRES DENTS !
BAM-BAFF !

ABRUTIE !
LES CHOSES N'ONT PAS MAL !
MAIS TOI, TU ES VIVANTE, NON ? SI ON TE FRAPPE, TU AS MAL ? SI ON TE COUPE, TU SAIGNES, NON ?!
SI TU NE SENS PAS DE DOULEUR, ALORS TU DOIS DÉJÀ ÊTRE MORTE !
ESSAIE DONC DE COUPER UN BOUT DE TA VIANDE ET D'ALLER LE VENDRE !
SI T'Y ARRIVES PAS, ALORS NE VIENS PAS LA RAMENER AVEC TES HISTOIRES !

PLUTÔT QUE DE TRAÎNER AVEC DES VIEUX, TRAÎNE AVEC DES AMIES, TU T'AMUSERAS BEAUCOUP PLUS !
ET ON EST PRÊTES À ÉCOUTER TOUS TES PROBLÈMES !
ALORS ?
C'EST VRAI !
AHH !!
CLAP ! CLAP ! CLAP ! CLAP !
JE N'EN ATTENDAIS PAS MOINS DE LA FILLE D'UN POLICIER !
ZUT ! J'ME SUIS LAISSÉ EMPORTER !
MÊME SI ÇA RISQUE DE PRENDRE TOUTE UNE NUIT À TOUT RACONTER, C'EST TOUJOURS OK ?...
OUAIIIP ! AMÈNE-TOI !
PAF

À VRAI DIRE JE N'AVAIS PAS ENCORE UTILISÉ L'ARGENT QUE LES CLIENTS M'AVAIENT DONNÉ...
HMM HMM
LE VOILÀ, M. L'AGENT.
OK !
FWIP!
OH... GROS TAS DE BILLETS... ZE VEUX...
ON FAIT QUOI POUR S'AMUSER ?
ON VA ALLER SE MAQUILLER AVEC LES ÉCHANTILLONS GRATUITS DE LA BOUTIQUE MATSU-KIYO !
AH, OUI !
OTO-HATA !

J'TE LE RENDS !
EXCUSE-MOI DE L'AVOIR EMPORTÉ L'AUTRE JOUR !
JE TE LE DONNE...
GRÂCE À TOI, J'AI ASSISTÉ À UN SHOW PLUTÔT INTÉRES-SANT.
HE
T'AS UN CYNISME QUI NE COLLE PAS DU TOUT AVEC TA GUEULE...
ON ME LE DIT SOU-VENT.
BEN, C'EST OK !
HIHIHI
THANK YOU !

MIYU ! AYA ! ATTENDEZ-MOI !
AHH, RAN-CHAN !
HOOOOOOO...
QU'ELLE EST MIGNONNE !
NON, ELLE EST PLUTÔT DANGEREUSE !
N'AYANT PEUR DE RIEN ET NE CRAIGNANT PAS LES CONSÉ-QUENCES...
KÉS' TU R'GARDES ?!
...
S'AMUSER, S'AMUSER !
...LES INVINCIBLES KOGALS SUIVENT LEUR ROUTE !!

LA CHAMBRE DE TIMOTHY !

Youpi !! Voilà notre Timothy !
Il a grandi ! C'est un adulte, maintenant.
Il mange beaucoup, dort beaucoup et aboie autant !
Il est aussi très doué pour faire des bêtises !
Mais il est hyper-mignon !! C'est un garçon,
et il pèse 4,3 Kilos ! Un chiwawa de 4,3 Kilos ! EEK !

Il y a quelque temps, il y a eu une expo de chiwawas
dans un jardin proche, et j'y suis allée avec Timothy.
YAY ! J'étais complètement folle, ils étaient tous
si adorables ! (mais le mien est le plus beau) Timothy
était aussi le plus grand d'entre eux... Si quelqu'un
connaît un régime pour mincir fonctionnant
pour les chiwawas, j'aimerais bien le connaître !

En ce moment, il dort sur mes pieds.
C'est un amour !! Il est toujours collé sur nous !

C'était : "la chambre de timothy !"

GALS!
CHAPITRE 2 - UN BOULOT TRÈS FATIGANT !

DIGITAL MIHONA !

Mon frère vient de s'acheter un ordinateur portable ! C'est cool !! Il a l'air vraiment super !

Mon Mac est tellement vieux que j'ai des messages d'erreur tout le temps. Ça m'ennuie. Mais je ne veux pas en acheter un neuf, parce que j'ai l'impression que c'est de l'argent fichu en l'air... C'est un de mes sujets de préoccupation en ce moment.

Au fait, j'ai maintenant un copieur couleur à la maison ! YAY YAY ! On l'a loué.

Mais comme il ne peut pas bien copier les images tramées avec des points, j'ai gardé le vieux copieur noir et blanc. Du coup ma chambre est minuscule !! Nous passons notre temps à buter sur les trucs et à nous faire des bleus. Non, sérieusement !

J'ai acheté aussi un piano électronique !! Ça y est, on frôle le déficit... Il faut faire gaffe. Mais c'est si amusant ! Le son de l'orgue ou celui du violon sont si beaux ! J'apprends à jouer un morceau d'"Elisabeth" (la comédie musicale). Quand j'arrive à jouer correctement, j'en suis émue à pleurer. Mais pour l'instant je suis vraiment nulle, donc je ne laisse personne m'écouter. Je vais faire des efforts !

LA COLLECTION DE PERRUQUES DE MIHONA !

AHH, RAN N'EST PAS LÀ...
CES DERNIERS TEMPS, JE NE VIENS À SHIBUYA QUE DANS L'ESPOIR DE LA VOIR.
NE T'APPROCHE PAS D'ELLE...
...OU ELLE VA ENCORE NOUS ENTRAÎNER DANS LE PÉTRIN.
GYAAH !! AU VOLEUR !
QUE QUELQU'UN L'ARRÊTE !
UN VOLEUR DE SACS !
COMME C'EST TRISTE.
HM ?!

OHH, RAN-CHAN !
Rgard du prédateur qui a repéré sa proie
HÉ, TOI ! ATTENDS !
!!
ABAN-DONNE !
TAP
WARGH !!
ÇA NE SERT À RIEN DE COURIR !
PERSONNE NE PEUT ÉCHAPPER À LA SUPER-RAN !

BAF !!
OUCH !
QU'EST-CE QUE T'AS ?! LÂCHE-MOI !!
ZUSH
JE TE TROUVE BIEN FRONTÉE OUR UNE LEUSE QUI IENT DE E FAIRE HOPER !
REI... VOUS ÊTES TÉMOINS TOUS LES DEUX !
QU'EST-CE QUE TU FOUS, RAN ?
C'EST MON BOULOT DE MES HEURES LIBRES !
HUH ?

BUMM
ON NE S'EST PAS DÉJÀ VUES ?...
WARK !
C'EST UN BOULOT FATIGANT.
OHH, ON EST BLESSÉS AU MÊME ENDROIT, COOL !
DASH — DA
AÏEE, POURRI-TURE !
LA PROCHAINE FOIS QU'ON SE RENCONTRERA, TU T'EN SORTIRAS PAS INDEMNE !!
KOBAN
TITANIG

* PELLICULA OU STICKERS : PETITES PHOTOS AUTOCOLLANTES.

PAPA VEUT TELLEMENT TE CONVAINCRE DE DEVENIR POLICIER QU'IL EST PRÊT À TE FAIRE FAIRE UN JOB AUSSI NUL ?
IL EST HORS DE QUESTION QUE J'DEVIENNE FLIC !
SI CE N'ÉTAIT PAS PAYÉ, JE NE ME CASSERAIS PAS LA TÊTE COMME JE FAIS LÀ !
D'ACCORD !
C'EST BIEN RAN, ÇA...
C'EST VRAI...
EN EFFET...
HO HO HO HO HO HO HO HO HO
QUAND J'AURAI L'ARGENT JE M'ACHETERAI DE NOUVEAUX FAUX ONGLES, YOUPIII !
DIS, RAN !...

...TU POURRAIS AU MOINS FAIRE TES DEVOIRS TOUTE SEULE...
EN PLUS TU N'APPRENDS RIEN, COMME ÇA.
ALLEZ, NE RÂLE PAS...
...LES AMIS INTELLIGENTS SERVENT À ÇA !
RAN, TU TE PRENDS VRAIMENT TROP AU SÉRIEUX...
KYAAA, OTOHATA EST ENCORE DANS LE MAGAZINE, IL EST TROP BEAU !
GALS!
C'EST VRAI QUE RAN LE CONNAÎT BIEN, IL LUI A MÊME OFFERT SON SAC !
RAN, INVITE-LE À SORTIR ENSEMBLE AVEC NOUS !
GOOD IDEA !
INVITEZ-LE VOUS-MÊMES...
...SI VOUS TRAÎNEZ À SHIBUYA, VOUS FINIREZ BIEN PAR TOMBER SUR LUI.
GALS!
TOI, TU FINIRAS PAR PERDRE TES AMIES !
À TOUS LES COUPS !
VOS GUEULES, J'ÉCRIS ! FICHEZ-MOI LA PAIX !
HM ?!

CETTE FILLE !...
ZWIK
HMM ?
T'ES LA VOLEUSE DE SACS D'HIER !
CE N'EST PAS MOI !
ANNONCE
HAPPY SCHOOL LIFE !
Menons une vie scolaire sans violence. Ne maltraitez pas vos camarades.
Pensons à l'avenir des enfants de demain.
Association pour l'éducation dans l'arrondissement de Shibuya
VRAIMENT ?

JE ME DISAIS BIEN QUE JE T'AVAIS DÉJÀ VUE... ALORS T'ES DE CETTE ÉCOLE ?
DE... DE QUOI TU PARLES ?
TU TE TROMPES DE PERSONNE !
HÉ, TOI ! NE VA PAS ACCUSER MA MEUF DE N'IMPORTE QUOI !
YUKIE NE VOLERAIT JAMAIS RIEN À PERSONNE !
JE ME FICHE DU VOL !
JE VEUX ME VENGER À CAUSE DE MON NEZ !
GWA!
NE DIS PAS QUE TU NE SAIS PAS DE QUOI JE PARLE !
...

À vrai dire, je ne vais presque **JAMAAAAIIISS** à Shibuya, je confesse... Quand j'achète des fringues, je le fais presque toujours à Ginza ou à Kichijôji. J'adore vraiment Ginza, mais c'est vrai que le point central d'une histoire sur les Kogals ne peut être que Shibuya. J'habite à Tôkyô, et pourtant je ne commence que maintenant à aller là-bas (mais je refuse d'y aller les samedis et dimanches !).

À l'origine, j'y suis allée avec mon appareil photo, dans le but de me documenter pour le manga, mais j'ai fini par faire plein de shopping, et maintenant presque tous mes vêtements et bijoux sont de shibuya ! Je repars là-bas en me disant : "aujourd'hui je ne fais que prendre des photos !", mais quand je reviens, c'est plus fort que moi, je suis couverte de sacoches des boutiques... HAHAHAHAHA... C'est terrible !!

CETTE FOIS-CI, ON VA ESSAYER UN TRUC COMME LES ANNONCES TÉLÉPHONIQUES PIÉGÉES...
TROUVE UN PIGEON POUR CE SOIR.
O... OK.
JE VAIS LE FAIRE.
GUSTU
FAMILY RESTAURANT
FAMILY
ET ALORS...
...ENCORE UN ET J'AURAI 10 STICKERS DE MON PÈRE !

MIAM MIAM
OHH, TON PÈRE EST POLICIER, RAN ?
COMME C'EST CHOUETTE !
BAH, C'EST QU'UN VIEUX COMME LES AUTRES.
ON SE FICHE DE ÇA, MAIS...
...HÉ KOTOBUKI...
...POURQUOI T'ES LÀ EN TRAIN DE MANGER NOTRE BOUFFE ?
EN PLUS EN AYANT RAMEUTÉ PLEIN DE MONDE !
YOUPI !
UNE RENCONTRE, UNE RENCONTRE !
AH ?
LEUR THÉ PARFUMÉ AU MELON EST SI BON !
CELUI À LA CAMOMILLE AUSSI.
MANGEZ AUTANT QUE VOUS VOUDREZ, C'EST REI QUI RÉGALE !
PARCE QUE LE SUPER-LYCÉEN REI EST UN GRAND DÉFENSEUR DES FEMMES !
REI OTOHATA
IL EST SUPER GENTIL AVEC LES FEMMES !
YESSS, JE VAIS BOUFFER JUSQU'À ÉCLATER !
ÇA, C'EST CE QUE LE MAGAZINE A ÉCRIT À MON SUJET.
ÇA M'ENNUIE ÉNORMÉMENT !

VOUS ÊTES BIEN RAN KOTOBUKI ?
HUH ?
JE SUIS DU DÉPARTEMENT DE DÉLINQUANCE DES MINEURS.
VEUILLEZ ME SUIVRE, VOUS ÊTES SUSPECTÉE D'EXTORSION.
NOOOON, ALORS MÊME RAN N'A PAS UN CASIER VIERGE ?!
JE PENSAIS QUE TU ÉTAIS EN TRAIN DE SAUVER LE MONDE AVEC TES STICKERS ?!
QU... QUOI ?...

特別警戒実施中
少年課
SECTION DES CRIMES DES MINEURS
BLAM
DE LA CHASSE AVEC MESSAGES PIÉGÉS ?! COMME SI J'AURAIS FAIT UN TRUC PAREIL !
POUR QUI VOUS ME PRENEZ ?!

LA VICTIME, QUI S'ÉTAIT RENDUE À UN RENDEZ-VOUS SUITE À VOTRE INVITATION PAR TÉLÉPHONE, A ÉTÉ SAUVAGEMENT BATTUE PAR UN HOMME QUI LUI A ENSUITE DÉROBÉ 400 EUROS.
C'EST ÉVIDENT QUE QUELQU'UN UTILISE MON NOM, NON ?!
TAP TAP!
VOILÀ CE QU'EST LA CHASSE AVEC ANNONCES DE RÉPONDEUR PIÉGÉES.
HA!
RAN !
PAPA, TU ES VENU ME SAUVER !!
TRALALA LA LALALA LA
LA LA LALA LALA LA LALA
TRALALALALALA LA LA LA LA—
CRÉTINE !
BA—
ÉJECTION
DAM

QUELLE MISÈRE ! COMMENT MA PROPRE FILLE A-T-ELLE PU FAIRE QUELQUE CHOSE D'AUSSI AFFREUX !
OH ! M. LE CAPITAINE DE LA PREMIÈRE SECTION !
WIP !
PAPA ! JE VOUS ASSURE QUE RAN EST INNOCENTE !
MAIS QUI ÊTES-VOUS ?!
WOIN !
C'EST PAS VRAI ! TU N'AS AUCUNE CONFIANCE EN MOI ?!
GLOU GLOU
YÛYA ASÔ, LE PETIT AMI DE RAN. PAPA !
QUOI ?!
HÉ, N°2, JE M'RAPPELLE PAS QU'ON SOIT DEVENUS SI INTIMES !
WAP
JE N'AI PAS SOUVENIR DE VOUS AVOIR DONNÉ LA PERMISSION DE M'APPELER PAPA !
WAP
ACCEPTEZ DONC NOTRE UNION, PAPA !
DAW
HÉ-HO ! HÉ-HO ! JE NE CROIS PAS QUE CE SOIT LE MOMENT POUR PARLER DE CE GENRE DE CHOSE, NON ?!
DING-DONG-DING-DONG !
UNE PAUSE REPOS À CAUSE DE CE MANGA QUI DEVIENT DE PLUS EN PLUS AGITÉ.
VRAIMENT, QUEL PERSONNAGE PRINCIPAL BRUYANT !
MAÎTRE, VOILÀ VOTRE THÉ PRÉFÉRÉ.
AH, MERCI.
HÉ, MIHONA, POURQUOI CES DRAPEAUX ?
M
Timothy
À MANGER...

AÏE !
MERDE ! SI C'EST COMME ÇA, JE VAIS TROUVER LE COUPABLE MOI-MÊME !
PAPA !
LÂCHE-MOI !
HÉ !
OTO-HATA...

PAF
OHH, TU T'INQUIÉTAIS POUR MOI AU POINT DE VENIR ME VOIR ?
IDIOTE, À CAUSE DE TOI JE SUIS SUSPECT AUSSI !
RESTER PRÈS DE TOI EST VRAIMENT UNE TERRIBLE SOURCE DE PROBLÈMES !
OTO-HATA !
TU N'AURAIS PAS PAR HASARD...
...CRU À CETTE HISTOIRE COMME QUOI JE SUIS COUPABLE... SI ?

SI JE CROYAIS QUE C'ÉTAIT TOI, JE NE LEUR AURAIS JAMAIS DIT "JE SUIS SÛR QU'ELLE EST INNOCENTE."
JE SAIS ENCORE JUGER LES GENS.

TU M
CONNA
PLUTÔ
BIEN.
JE N'AURAIS JAMAIS ACCEPTÉ D'UTILISER DE L'ARGENT SALE !
少年課
BIEN ! ON VA ATTRAPER LE VRAI COUPABLE ENSEMBLE !
POURQUOI MOI AUSSI ?
MAIS TU ES SUSPECT AUSSI, ÇA NE T'ENNUIE PAS ?
NON, JE M'EN FICHE...
À MON AVIS...
...LE COUPABLE NE SAIT PAS ENCORE QUE LEUR VICTIME A DÉJÀ PORTÉ PLAINTE.

J'ME LES GÈLE...
DONC ?...
DONC IL Y A DES CHANCES POUR QU'IL FRAPPE À NOUVEAU.
LE MESSAGE Y EST PEUT-ÊTRE ENCORE.
WOW, CE N'EST PAS POUR RIEN QU'ELLE A DE SI BONNES NOTES !
HAA, CE MONDE EST DEVENU SI TERRIBLE...
J'AI L'IMPRESSION DE ME RETROUVER DÉPLACÉE, DANS UNE SOCIÉTÉ PAREILLE !
HA !
C'EST RIGOLO, D'ENTENDRE ÇA DE LA BOUCHE D'UNE EX-ESCORT.
JE N'AI FAIT QU'ACCOMPAGNER LES GENS, RIEN DE PLUS !
OH, OK, ALORS CE N'EST RIEN DU TOUT, N'EST-CE PAS ?
OH !
BINGO !
C'EST VRAI ?! ENREGISTRE VITE !

Les choses à Shibuya sont SIII bon marché ! Aussi bien les fringues que les bijoux ont l'air sophistiqués, mais ils sont terriblement pas chers, c'est trop de la balle (oops, ça va pas, je me mets à parler comme les Gals !). Comme c'était bon marché, j'ai fini par faire plein de shopping. Mais bon, ce n'est pas si mal.

À chaque fois j'en profite pour faire des recherches sur les GALS, (je m'améliore là-dessus mais ce n'est pas encore assez), mais c'est super dur. Tout change si vite avec la mode que le "radar-fujii" (ainsi nommé par M. Hanzawa du service éditorial de Ribon, la collection dans laquelle GALS a été publié au Japon) tourne à toute vitesse !

Du coup, quand je vais à Shibuya, je m'habille comme une GAL ! Comme j'ai moins de 25 ans, ça passe encore... N'est-ce pas ?! N'est-ce pas ?!!

ET ALORS ?
TU VOIS QUELQU'UN DE SUSPECT ?
HMM...
N°2, À L'ATTAQUE !
O... OUI !
▲ YÛYA ASÔ, 16 ANS
EUH EUH
JE ME DEMANDE SI ÇA VA ALLER...
CHUT
M. TANAKA ?
EUH... JE SUIS KOTOBUKI...

AH ! CETTE FILLE C'EST YUKIE MOCHIDA DE LA CLASSE 3 !
LA FERME !
BONSOIR !
L'ARGENT... VOUS L'AVEZ BIEN APPORTÉ ?
HÉ, TOI !
QUE VEUX-TU À MA MEUF ?!
TAKERU..
ARRÊTONS ÇA, S'IL TE PLAÎT...
TOI, FERME TA GUEULE !
SALAUD ! SI TU VEUX PAS TE FAIRE DÉMOLIR, FILE-MOI TON BLÉ !
ATTENDEZ !

T'ES ENFIN SORTI DE TON TROU...
...ALORS C'ÉTAIT TOI QUI ÉTAIS DERRIÈRE TOUT ÇA ?
KOTO-BUKI !...
TIENS, VOILÀ L'ORIGINAL EN PER-SONNE...
HÉ, MO-CHIDA...
QUAND T'AS VOLÉ CE SAC L'AUTRE JOUR, C'ÉTAIT POUR LUI FILER L'ARGENT ?
IL TE MENACE ?
...
C'EST PARCE QUE JE L'AIME...
OUI, OUI ! CETTE MEUF FERAIT N'IMPORTE QUOI POUR MOI !
HA HA HA !
EH BEN, C'EST PARFAIT DIS DONC !

NON MAIS C'EST N'IMPORTE QUOI !!
SE SERVIR D'UNE FILLE QUI T'AIME POUR DES CRIMES !
T'ES VRAIMENT UNE INSULTE À LA RACE HUMAINE !
OHH, IL FAIT CUI CUI !
CUI CUI
BIEN COM-PRIS !
PFF, QUEL MERDEUX !
TIP!
FRÉROT !
TOI, TU VAS M'ACCOM-PAGNER AU POSTE.
SALE-TÉ, JE REVIEN-DRAI !
VA TE FAIRE RAFRAÎ-CHIR LES IDÉES CHEZ LES POU-LETS !
TSS...

C'EST AUSSI DE TA FAUTE, DE TOMBER AMOUREUSE D'UN MEC PAREIL !
JE N'Y POUVAIS RIEN, JE L'AIMAIS...
MÊME QUAND IL AVAIT ACCEPTÉ DE SORTIR AVEC MOI, J'AVAIS PEUR QU'IL FINISSE PAR SE LASSER...
J'AI CRU QUE SI JE FAISAIS TOUT CE QU'IL ME DISAIT, ÇA IRAIT BIEN...
MAIS DANS MON CŒUR, JE CROIS QUE JE VOULAIS QUE QUELQU'UN ME FASSE ARRÊTER...
JE SUIS VRAIMENT... DÉSOLÉE...
VRAI-MENT, TU...
IL FAUDRAIT QUE TU RÉFLÉ-CHISSES PLUS...
...TU CROIS QU'EN PIQUANT LE FRIC DES AUTRES ET EN LUI FILANT, TU ALLAIS ACHETER SON AMOUR ?

ÉCOUTE BIEN.
IL FAUT QUE TU DEVIENNES TELLEMENT BELLE ET ATTIRANTE QUE LES MECS VIENDRONT D'EUX-MÊMES T'OFFRIR DES CADEAUX !
EXACTEMENT COMME MOI !
WOHH, TU AS ENCORE PERDU LA TÊTE !
RAN, RAN...
NON ?! J'AI ENCORE FAIT ÇA ?!
OUI, À L'INSTANT MÊME !
MERCI POUR TES EFFORTS.
HMMMM
AH ! OÙ ÉTAIS-TU ?!

特別警戒実施中
BISOUS !
GLUE
ROULROULE !
PARDONNE-MOI DE T'AVOIR SOUPÇONNÉE, RAN !
TU AS VRAIMENT BIEN AGI, MA FILLE !
YOUH HOUUUU, J'AI MES 4 EUROS !!!
J'AI ÉTÉ VRAIMENT SUPER !
FRÈRE
YESS ! ÇA Y EST, J'AI 10 STICKERS !
WAN
ENTRAINEMENT ER DE RAN
AH !
LA KOGAL-CRÈVE-LA-FAIM, RAN KOTOBUKI...
...FERAIT N'IMPORTE QUEL EFFORT, MÊME POUR 4 EUROS...

SHIBUYA
109
THE
PRIME
GALS!
CHAPITRE 3 - LE CŒUR DES FILLES
ET LES MÈCHES ROUGES

VERS L'ENFER DU CHAMP DE BATAILLE (2) →

LA COLLECTION DE FAUX ONGLES DE MIHONA !

Les mangakas et les pianistes ne peuvent pas avoir d'ongles longs. C'est une chose que tout le monde sait (non ?). De toute façon, même si je laisse pousser mes ongles, ils se cassent vite (manque de calcium ?). Du coup, j'utilise plein de faux ongles. Je préfère les modèles "natural curve" (ils ont une courbure naturelle, comme leur nom l'indique...) mais quand je dessine, je ne peux pas en porter, bien sûr.

Non seulement le port des faux ongles est vraiment un art, mais en plus, grâce à l'adhésif double-face, on peut les garder pendant super longtemps en réutilisant les mêmes ! C'est super pratique ! J'aurais voulu en avoir encore plus !

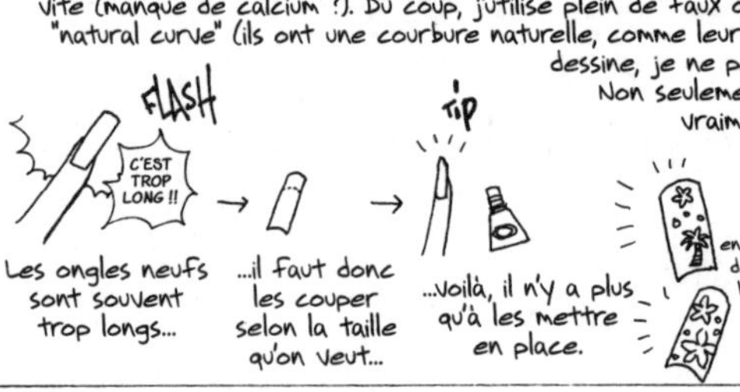

Les ongles neufs sont souvent trop longs... → ...il faut donc les couper selon la taille qu'on veut... → ...voilà, il n'y a plus qu'à les mettre en place.

en voilà avec des dessins hawaiiens.

PRICE COMPETITION
JE VAIS PEUT-ÊTRE ME FAIRE UNE MÈCHE ROUGE AUSSI...
C'EST LA MARQUE DE CELLES QUI ONT UN PETIT AMI...
OH ! ÇA T'IRAIT BIEN, MIYU !
MOI J'EN PORTE SIMPLEMENT POUR ATTIRER L'ATTENTION.
AYA, T'AS PAS DE PETIT AMI, TU DEVRAIS TE FAIRE UNE MÈCHE BLEUE !
OH OH OHO...
QUOI ? MAIS TU N'EN AS PAS NON PLUS, RAN !
SI ON PEUT COMPTER LES INCERTAINS, J'EN AI PLEIN !
UN PETIT AMI...
...J'Y AI JAMAIS PENSÉ PARCE QUE JE PASSE TOUT MON TEMPS À ÉTUDIER...
...D'AILLEURS, JE NE SUIS PAS ENCORE TOMBÉE AMOUREUSE.
MAIS LES GARÇONS NORMAUX ME VOIENT COMME UNE FLEUR RARE TROP BELLE POUR EUX...
...ET ILS N'OSENT PAS M'APPROCHER.
EEK, ELLE S'Y CROIT À FOND !
AH, LA VOILÀ !

IL Y A QUELQU'UN QUI M'A FAIT UNE DÉCLARATION...
...DÉJÀ TROIS FOIS, PAR LETTRE...
C'EST VRAIII ? MONTRE, MONTRE !!
je t'aime, je
tu es mignon
t'es super mign
sors avec moi, sors avec
moi, avec moi, avec moi
pour mon amour,
MIYU YAMAZAKI,
de la part de K-Y
EUH... C'EST QUOI CE MACHIN ?
C'EST UN TARÉ OU QUOI ?
N'EST-CE PAS ? EN PLUS, IL NE SIGNE PAS SES LETTRES...
CE N'EST PAS JUSTE UNE PLAISANTERIE ?
HMM... QUAND JE SUIS ARRIVÉE À L'ÉCOLE, C'ÉTAIT DÉJÀ SUR MA TABLE.
MAIS ALORS ÇA VOUDRAIT DIRE QUE C'EST UNE PERSONNE DE NOTRE LYCÉE ?
HÉ, LA PUCELLE !
DÉGAGE D'ICI !
MOCHETÉ !
KOIII ?!

スノボ コーナー
COMMENT ?!
Z'ÊTES ENCORE VENUES ME PROVOQUER ?!
ESPÈCE DE... TU SAIS QUE REI VIENT TOUT LE TEMPS DANS CE MAGASIN ET T'AS FAIT EXPRÈS DE VENIR ICI !
ON A DÉCOUVERT ÇA LES PREMIÈRES, CET ENDROIT EST À NOUS !
CRÉTINES ! TOUT SHIBUYA EST MON TERRITOIRE !
TA GUEULE ! DÉGAGE TOUT DE SUITE !
HÉ...
VOUS FAITES PEUR AUX AUTRES CLIENTS...
...ALLEZ VOUS BAGARRER DEHORS !
C'EST REPARTI...

KYAAAAHHH, C'EST REI, C'EST REI !! MAINTENANT QUE TU ES LÀ, CLARIFIE LA SITUATION !
QUI TU PRÉFÈRES, CETTE IDIOTE DE PUCELLE KOTOBUKI OU NOUS ?!
ARRÊTEZ DE PARLER DE PUCELLE À TOUT VENT !
EEK
HARG
ET PIS D'ABORD, REI N'EST PAS MON TYPE !
OHH, LA MENTEUSE ! ALORS QUE T'ÉTAIS VENUE POUR L'ATTENDRE !
REI, VAS-Y, DIS-NOUS !
HARG
...
MARRE DU BRUIT...
JE DÉTESTE...
...TOUTES LES KOGALS.
HA, IDIOTES !
BONJOUR.
カジュアルウェア
B1F
OH, BIENVENUE !

KOBAN
EUH... LES FILLES...
ICI N'EST PAS UN ENDROIT POUR SE REPOSER. IL EST TARD, VOUS DEVRIEZ RENTRER !
MÊME ICI TU ÉTUDIES ?!
J'AI PEUR D'ÊTRE EN RETARD POUR MES DEVOIRS.
AH, MAIS IL N'EST ENCORE QUE 9 HEURES !
IL EST DÉJÀ 9 HEURES.
JE ME FAIS DU SOUCI POUR TOI, C'EST POUR ÇA QUE JE TE LE DIS !
MAIS !...
...MÊME SI JE RENTRE CHEZ MOI, IL N'Y A PERSONNE QUI M'ATTEND !
渋谷をみんなでつくろう
DU COUP, C'EST PLUS COOL D'ÊTRE AVEC VOUS TOUS...
EN PLUS, COMME ÇA JE PEUX RESTER AVEC TOI, YAMATO...
C'EST SUPER, NON ?
MiAou

NON.
IL FAUT QUE TU RENTRES CHEZ TOI.
QUOI ?!
HÉ, FRÉROT !
SOIS UN PEU PLUS GENTIL !
LA GENTILLESSE ET LA MOLLESSE SONT DEUX CHOSES DIFFÉRENTES.
RAN, RACCOMPAGNE-LES CHEZ ELLES.
HÉ-HO, TU TE FAIS PAS DE SOUCIS POUR MOI ?
AH, IL Y EN A MARRE !

ANNONCE
POSTE DE POLICE DE SHIBUYA
INSCRIPTIONS OUVERTES POUR LES CONCOURS DE LA POLICE
SEMAINE DE LA SÉCURITÉ ROUTIÈRE
AIDEZ À FAIRE DE NOTRE VILLE UN LIEU PLUS SÛR !
UN CHALLENGE POUR LA JEUNESSE !
Informez-vous dans le poste le plus proche de chez vous.
NOUS VOUS ATTENDONS !
COMMISSARIAT DE TÔKYÔ
FAUSSE MASCOTTE
AH BON ?

EN FAIT, TU NE M'AIMES PAS AUTANT QUE TU LE DIS, N'EST-CE PAS, YAMATO ?!
C'EST POUR ÇA QUE TU ES SI FROID !
EUH ? D'OÙ... D'OÙ TU SORS ÇA ?!
TU SAIS, MOI AUSSI...
...JE SUIS TRÈS POPULAIRE !
SI TU PASSES TON TEMPS À ME LAISSER TOMBER, JE FINIRAI PEUT-ÊTRE PAR TOURNER MES YEUX AILLEURS !
SES YEUX ?
AIL-LEURS ??
MAIS SUR QUI ?!
PURÉE ! APPRENDS UN PEU À CONNAÎTRE LE CŒUR DES FEMMES !
ABRUTI DE FRÈRE !
HÉ, MIYU !!

HAA...
...J'AI ENCORE DIT UNE GROSSE BÊTISE...
JE VAIS L'APPELER POUR M'EXCUSER...
HM ?
...
C'ÉTAIT UNE IMPRESSION ?...

DWUP!
HO, MIYU !
NE TIRE PAS CETTE GUEULE-LÀ !
T'ES PAS COMME ÇA !
LÂCHE MON IDIOT DE FRÈRE HYPER-SÉRIEUX ET TROUVE-TOI UN MEC MIEUX !
YAMATO EST TOUT POUR MOI !
S'IL ME DÉTESTE, JE NE POURRAI PLUS VIVRE !
EN PLUS, AVEC ÇA NOTRE PREMIER BAISER RISQUE DE NE PAS ARRIVER AVANT LONG-TEMPS, ALORS LE SEXE, TU PENSES !
WOIN
GYA HA HA HA HA ! PEUT-ÊTRE BIEN !
PAF
PAF
9..
EUH, JE RIGOLAIS !

J'AI PU M'EN SORTIR PARCE QUE J'AVAIS YAMATO...
...IL EST CELUI QUI ME COMPREND PLUS QUE TOUT LE MONDE !
MAIS CES DERNIERS TEMPS, IL EST TOUJOURS OCCUPÉ ET ON NE PEUT PAS TROP SE VOIR...
IL ME PARLE TOUJOURS COMME UN FLIC... JE ME DEMANDE S'IL ME FAIT CONFIANCE...
NON, TU T'INQUIÈTES TROP !
HIER IL ÉTAIT PANIQUÉ QUAND TU ES PARTIE ! SUPER AGITÉ !
FLAP
FLAP
OHH, VRAIMENT ?
RAN !
LE PROF T'APPELLE !
ILS ONT REMARQUÉ QUE T'ÉTAIS EN RETARD CE MATIN !
URG !
BON, J'ARRIVE !
LE FRÉROT SERA DE GARDE CE SOIR, DONC LÀ IL EST À LA MAISON !
APPELLE-LE SUR SON PORTABLE !
OUI...
BYE BYE !

MIYU ?
TU AS LU...
...MES LETTRES ?
QUI...
JE SUIS KENJI YOSHIDA.
"K.Y."
JE SUIS EN SECONDE AUSSI, MAIS DANS LE GROUPE 5.
AH !
JE SUIS VENU TE DEMANDER TA RÉPONSE...
EXCUSE-MOI, MAIS...
DEPUIS QUE JE SUIS RENTRÉ AU LYCÉE, JE SUIS TOMBÉ AMOUREUX DE TOI...
JE PASSAIS MON TEMPS À ME DIRE QUE TU ÉTAIS LA PLUS MIGNONNE...
J'ÉTAIS DANS TOUS MES ÉTATS...
HÉ, TU NE M'ÉCOUTES PAS...

JE PASSAIS MON TEMPS À T'ÉPIER, MAIS TU NE ME VOYAIS PAS...
C'EST À CAUSE DE CETTE FILLE MÉCHANTE TOUJOURS COLLÉE À TOI QUE JE NE POUVAIS PAS M'APPROCHER.
TU PARLES DE RAN ?...
OUI !
ELLE A LE MAL DANS SES YEUX, CELLE-LÀ !
KWOOP!
RESTE AVEC MOI PLUTÔT QU'AVEC ELLE !
PARCE QUE JE T'AIME TELLEMENT !
!
SALLE DES PROFESSEURS
職員室
OUI, ET ALORS...
LES E.T. M'ONT EMMENÉE DANS LEUR SOUCOUPE ET M'ONT MIS DES MICRO-PUCES POUR M'ÉTUDIER...
...ET QUAND JE SUIS FINALEMENT REVENUE, LES PAPARAZZI M'ONT PRISE EN PHOTO !
TERRE
PAPARAZZI

ENSUITE IL Y A CETTE FILLE QUI M'A SAUTÉ DESSUS. BREF, ÇA A ÉTÉ TERRIBLE...
...
OH...ET C'EST POUR ÇA QUE TU ÉTAIS EN RETARD ?
OUAIS !
TIP
ARRÊTE D'INVENTER DES HISTOIRES PAREILLES À CHAQUE FOIS !
ÇA FAIT LA HUITIÈME FOIS CE MOIS-CI !
QUELLE EST LA VRAIE RAISON DE TON RETARD ?!
J'AI PAS RÉUSSI À ME RÉVEILLER À TEMPS.
SI C'EST ÇA, T'AURAIS DÛ LE DIRE DÈS LE DÉPART !
ET QU'EST-CE QUE C'EST QUE TOUT ÇA ?!
NOTRE ÉCOLE INTERDIT LES LOOSE SOCKS !
LES MÈCHES DANS LES CHEVEUX AUSSI ! TU M'ÉCOUTES ?!
EUH ? AH, OUAIS...
AH ?!

JE NE TE LAISSERA PAS PARTI SI TU N'ACCEPTE PAS DE SORTIR AVEC MOI.
KLIP!
KOTO-BUKIII !
TU ES ENNUYEUX !
DANGER !
SBAM
STOOOP !!

SHBAKLAP
KWOOP!
QUOI, QUOI, ELLE SE CASSE PAS UNE JAMBE ?!
C'EST TOI QUI AS ENVOYÉ CES LETTRES À MIYU, NON ?!
TU ME FAIS MAL
POURQUOI TU NOUS INTERROMPS ?!
FERME-LA ! MIYU A DÉJÀ UN PETIT AMI !
SI TU LÈVES UN DOIGT SUR ELLE, JE NE TE LE PARDONNERAI PAS !
MAINTENANT, FICHE LE CAMP D'ICI !
MIYU...
...A UN PETIT AMI...

MERCI, RAN...
...J'ÉTAIS À UN PAS DE PERDRE LA TÊTE...
CE MEC A L'AIR DANGE-REUX !
IL VAUDRAIT MIEUX QUE TU NE RESTES PAS SEULE.
OK...
QUOI ?!
UN MEC ÉTAIT EN TRAIN DE PERSÉCUTER MIYU A L'ÉCOLE AUJOUR-D'HUI ?!
ET ELLE EST TOUTE SEULE CHEZ ELLE ?
POURQUOI TU NE L'AS PAS RAMENÉE ICI ?!
IL A L'AIR DU GENRE PERSISTANT.
IL PARAÎT QU'IL JOUAIT LES STALKERS AVEC MIYU CES DERNIERS TEMPS AUSSI...
STALKER : UNE PERSONNE QUI SUIT OU ÉPIE UNE AUTRE PERSONNE EN SECRET. EN GÉNÉRAL UN HOMME QUI SUIT UNE FEMME.

MAIS TU ES VRAIMENT BÊTE ? ELLE NE VEUT PAS TE MÊLER À ÇA !
MAIS JE SUIS UN FLIC ! C'EST MON JOB DE PROTÉGER LES GENS EN DANGER !
LES FEMMES SONT DES BESTIOLES QUI NE SE CALMENT QUE QUAND LES MECS LEUR DISENT VRAIMENT CE QU'ILS ONT SUR LE CŒUR !
SI TU NE COMPRENDS TOUJOURS PAS ÇA, FRÉROT, ALORS T'ES QU'UN UNTRA-CRÉTIN !
C'EST POUR ÇA QUE JE DIS QUE TU NE COMPRENDS PAS, ABRUTI !
EUH ...
POURRIEZ-VOUS ME DONNER UNE INFORMATION ?...
QU'EST-CE QUE TU VIENS DE DIRE ?!
EUH ...
TSS !
...
EUH ...
VOUS M'ENTENDEZ ?...
DITES !

ANNONCE
FAITES ATTENTION À VOS TÊTES
2 位
安全第一
EN CONSTRUCTION
EXCUSEZ-NOUS POUR LA GÊNE OCCASIONNÉE.
FUJII IMMOBILIER

J-PHONE
Maison de l'Opé
MM. OTOHATA, ASÔ, NOUS ALLONS VOUS POSER 50 QUESTIONS À CHACUN.

ON VA COMMENCER PAR OTOHATA !
LA DATE DE TON ANNIVERSAIRE ?
LE 6 MARS.
TON GROUPE SANGUIN ?
B.
TA TAILLE ?
1,80 M.
TON POIDS ?
59KG.
DITES... ON NOUS DEMANDE ÇA À CHAQUE FOIS... VOUS POURRIEZ REGARDER DANS LES AUTRES MAGAZINES AU LIEU DE NOUS REPOSER LES MÊMES QUESTIONS...
ON N'A QU'À RÉPONDRE, C'EST PAS DUR...
NON, NON, C'EST UNE INTERVIEW ! JE DOIS LES REPOSER. ET À PROPOS...
...CES JEUNES FILLES SONT VOS PETITES AMIES ?
NON. CETTE FILLE EST DANS UNE SITUATION DANGEREUSE EN CE MOMENT...
...DONC NOUS LUI SERVONS MOMENTANÉMENT DE GARDES DU CORPS.
EUH... AH BON... OK.

JE NE SUIS PAS EN DANGER ! C'EST RAN QUI S'INQUIÈTE TROP.
IL VAUT MIEUX ÊTRE EN SÉCURITÉ !
BON, ALORS, MAINTENANT...
...QU'EST-CE QUE TU PRÉFÈRES, LES GANGURO OU LES GANJIRO ?
LE JUSTE MILIEU ENTRE LES DEUX.
GANGURO = FILLES HYPER BRONZÉES
GANJIRO = FILLES HYPER PÂLES
ALORS QUEL EST LE TYPE QUE TU N'AIMES PAS ?
CELUI-CI.
YAHOO !
TOK TOK !
MERCI POUR MIYU !
AH, J'AI LA DALLE, N°2, VIENS ME PAYER À BOUFFER !
PAS DE PROBLÈME, MAIS LÀ ON EST EN INTERVIEW...

UN SUPER-LYCÉEN DOIT RÉPONDRE À TOUTES LES QUESTIONS SANS RECHIGNER !
MÊME SI ON NOUS DEMANDE SI ON PRÉFÈRE LES SLIPS OU LES CALEÇONS !
HO HO, ÇA DOIT ÊTRE TERRIBLE !
C'EST VRAIMENT CHIANT.
PURÉE, IL FAUT TOUJOURS ALLER À DROITE ET À GAUCHE NON-STOP...
BEN, C'EST OK ALORS.
MIYU, AYA, AMENEZ-VOUS !
AHHH, ATTENDEZ-MOI !! JE VEUX ALLER AVEC VOUS !
ET SI TU RESTAIS ?
HUH ?
ÇA NE ME DÉRANGE PAS QUE TU RESTES.
JE TE RACCOMPAGNERAI APRÈS.

C'est au sujet de la façon dont les épisodes finissent. Comme c'est une série, à chaque fois je fais une fin du genre "à suivre...", mais c'est vrai que dans certains cas, où une même histoire se poursuit sur 2 ou 3 chapitres, ça peut devenir lassant pour les lecteurs, donc je vais voir... C'est vrai que je réfléchis au déroulement de l'histoire et à ce qui se passera après, mais tout n'est pas aussi détaillé, etc. J'improvise parfois... Qu'est-ce qui va donc se passer ?!

Au sujet du petit personnage qui apparaît parfois avec un drapeau, des gens m'ont demandé si c'était Ran... En fait non, c'est moi, Mihona. Ah, et pour les ganguro et les ganjiro, il y a plusieurs façons de le dire. Ça concerne les filles qui font des u.v. pour bronzer, et celles qui font tout pour entretenir une pâleur extrême, par opposition, les ganjiro. Ça a commencé avec le visage seulement, alors c'était les "Kaoguro" (visages noirs), mais ensuite c'est passé au corps entier, avec plusieurs façons de le dire au fur et à mesure de l'évolution de l'argot...

...quoique, ganguro, ganjiro, chacun son choix...! (rires)

HMM
HMM, QU'EST-CE QU'ON VA BOUFFER ?...
ON POURRAIT S'FAIRE UN MAC DO, MAIS J'AI VRAIMENT SUPER LA DALLE...
明治通り
Meiji-dori
MAIS C'EST QUAND MÊME UN PEU CHEAP.
TU VEUX PAS ALLER DANS UN ENDROIT PLUS COOL ?
JE VEUX MANGER PLEIN DE TRUCS POUR PAS CHER.
JE N'AI PAS FAIM...
'FAUT BOUFFER AVANT DE FAIRE LA GUERRE.
HM...
GUERRE ?!
TAP TAP TAP TAP
WOOOH ?!

C'EST TOI, N'EST-CE PAS ?
LE SALAUD QUI M'A PIQUÉ MA MIYU !...
JE VAIS TE FAIRE DISPARAÎTRE !
YOSHIDA !
MAIS T'ES QUI ? CE TRUC EST DANGEREUX !
J'AI VRAIMENT FLIPPÉ.
ENFER !
QUE DES EMMERDEMENTS !
POURQUOI TOUT NE PEUT PAS ALLER COMME JE VEUX ?
C'EST DE TA FAUTE ! PARCE QUE TU M'AS PIQUÉ MA MIYU !
MAIS C'EST QUI CELUI-LÀ ?!
MIYU, ÉLOIGNE-TOI.
RAN !
JE NE PEUX PAS TE LAISSER Y ALLER À MA PLACE !
JE VAIS EN FINIR MOI-MÊME !
ARRÊTE ÇA !
ÇA VA ALLER DE MAL EN PIS SI TU PERDS LA TÊTE MAINTENANT !

HEP, YOSHIDA...
C'EST MÉCHANT !
TU TE CROIS TRÈS FORT PARCE QU'ON N'AVAIT PAS ENCORE RÉAGI, MAIS...
...JE CROIS QUE JE VAIS FINIR PAR VRAIMENT T'ÉCLATER LA FIGURE...
TA GUEULE !
J'EN AI MARRE DE TOI AUSSI !
C'EST DE TOI DONT TOUT LE MONDE A MARRE !

TU NE PARLES QUE DE TOI-MÊME, MAIS MIYU AUSSI A DES SENTIMENTS !
C'EST NORMAL QUE LE MONDE ENTIER N'AILLE PAS FORCÉMENT COMME TU VEUX !
N'ESSAIE PAS DE FORCER LES GENS À AGIR COMME TU VOUDRAIS !
MÊME SI TU VENAIS À TE DÉBARRASSER DU PETIT AMI DE MIYU, ÇA NE LA FERAIT PAS T'AIMER !
DES FOIS, CE QUI FAIT UN VRAI HOMME C'EST DE SAVOIR QUAND IL FAUT SE RETIRER !
YOSHI-DA...
JE NE SUIS PAS LA FILLE QUE TU IDÉALISES.
J'ÉTAIS LA CHEF D'UN GANG.
J'AI VOLÉ DE NOMBREU-SES FOIS...
...ET J'AI UTILISÉ UN COUTEAU, COMME TU LE FAIS MAINTENANT, TELLEMENT DE FOIS QUE J'EN AI PERDU LE COMPTE.
ERG ?!
ET MALGRÉ TOUT ÇA, IL Y A UN HOMME QUI M'AIME.
TU CROIS QUE TU AURAIS PU FAIRE ÇA ?

ÇA VA ALLER, MIYU...
...TU N'AS PAS BESOIN D'EN DIRE PLUS...
YAMATO !...
OH !
JE SUIS LE PETIT AMI DE MIYU.
SI TU AS QUELQUE CHOSE CONTRE ÇA, TU PEUX ME LE DIRE.
SI TU VEUX TE BATTRE, JE SUIS PRÊT.
...
NE ME FAIS PAS RIRE !
QUI VOUDRAIT D'UNE SALE VOLEUSE !
J'ARRIVE PAS À CROIRE QUE J'AI PU TOMBER AMOUREUX D'ELLE !
SI TU T'APPROCHES D'ELLE À NOUVEAU JE TE MASSACRE !
JE COMPTE RESTER BIEN LOIN D'ELLE !

MIYU...
JE SUIS HEUREUX QUE TU NE SOIS PAS BLESSÉE !
JE T'AIME, J'AIME TOUT EN TOI, PEU IMPORTE TON PASSÉ.
JE VEUX ÊTRE L'HOMME QUI RESTERA À TES CÔTÉS ET TE PROTÉGERA POUR TOUJOURS.
EXCUSE-MOI DE T'AVOIR INQUIÉTÉE...
YAMATO... PARDONNE-MOI POUR CE QUE JE T'AI DIT !...
TU ES TOUT CE DONT J'AI BESOIN...
JE T'ÉCOUTERAI DAVANTAGE À L'AVENIR !
GWIP
MOMENT BISOU ?
AH !! MAIS, EUH, JE NE SUIS PAS PRÊT POUR NOTRE PREMIER...
PFF...

MON FRÈRE A MONTRÉ TOUS SES BONS CÔTÉS D'UN SEUL COUP, LÀ...
...JE LUI PARDONNERAI DONC POUR CETTE FOIS !
ADMIRATION.
ON NE PEUT PAS JUGER UNE FEMME SUR SON APPARENCE.
AH, AU FAIT, MIYU !
T'AVAIS PAS DIT QUE TU TE FERAIS UNE MÈCHE ROUGE AUSSI ?
NAN !! YAMATO A DIT QUE SI JE LE FAISAIS JE TE RESSEMBLERAIS, ET QU'IL FALLAIT DONC ABSOLUMENT L'ÉVITER !
TSSS...! SALAUD DE FRANGIN !
DEUX CHOSES IMPOSSIBLES À COMPRENDRE...
...LE CŒUR DES FEMMES ET LES MÈCHES ROUGES DANS LES CHEVEUX. (N'EST-CE PAS ?)

GALS!
CHAPITRE 4 - Y A-T-IL UN POURCENTAGE
DE CHANCE EN AMOUR ? OU NON ?

TOP SECRET ! L'ENFER DU CHAMP DE BATAILLE !

VERS L'ENFER DU CHAMP DE BATAILLE (3) →

LA COLLECTION DE SANDALES DE MIHONA !

Vivent les plates-formes !
Comme je ne sors pas très souvent, j'en ai pas des tonnes, mais voilà ma collection de sandales !

Les modèles simples sont les meilleurs ! celui-ci peut aussi être porté avec des chaussettes, donc il est bon pour toute l'année !

Le modèle en bois, qui fait très été. Pas mal, surtout si on le porte avec un jeans à jambes larges, genre pattes d'éléphant.

Le modèle avec du plastique dessus. Pas mal pour flirter (rires)

Les chaussures avec des formes trop bizarres finissent par ne presque plus être portées, ce qui est dommage, donc j'achète plutôt des chaussures normales, d'habitude. j'espère que les plates-formes resteront toujours à la mode !

HÔTEL OÙ LES COUPLES VONT POUR... BEN DEVINEZ QUOI.

SHBAFF!
ME TOUCHE PAS, L'AFFREUX !
NE ME PRENDS PAS POUR UNE KOGAL CHEAP QUI COUCHERAIT POUR DE LA BOUFFE !!
BADABAM!
TU DEVRAIS ME REMERCIER DE T'AVOIR LAISSÉ BOUFFER EN MA COMPAGNIE !
PAUVRE CRÉTIN !
AÏE AÏE AÏE !!!
AH !
DÈS QU'ON LA PERD DE VUE UNE SECONDE ...!

* DESSERT JAPONAIS.

WARGHWARGH
OHH, LE POURCENTAGE DE RAN N'EST QUE DE 5% !!
VRAIMENT ?!
C'EST MARQUÉ : "IL FAUT VOUS ENTRAÎNER, CAR VOUS NE SAVEZ PAS BIEN JUGER LES HOMMES. DU COUP, DÈS QUE VOUS EN CHOISISSEZ UN, IL S'AVÈRE ÊTRE UN TORDU".
GYAHA HA HA ! C'EST PILE JUSTE !
ELLE EST NULLE POUR JUGER LES MECS !
CET HOROSCOPE EST PARFAIT POUR RAN ! ON DIRAIT QU'IL EST FAIT SUR MESURE !
WOOW, UN ASTROLOGUE RIEN QUE POUR MOI, TROP COOL !
HI HI HI HI
GALS
JE VAIS VOUS EXPLOSER !
ZOOM !!
AAAAH
KOTOBUKI !
PITIÉ ! PITIÉ !

C'EST TOI LA PÉTASSE QUI AS TABASSÉ MON MEC HIER ?
TON MEC ?!
CE GROS NAZE ÉTAIT TON MEC ?!
OH, C'EST SUGIHARA DU GROUPE A !
DANS CE CAS-LÀ, TU FERAIS MIEUX DE LE TENIR AVEC UNE LAISSE PLUS SERRÉE !
ÇA M'AURAIT ÉVITÉ L'ENNUI DE ME FAIRE INVITER AU LOVE-HOTEL !
QUOI ?!
LOVE-HOTEL ?!

EUH... PEU IMPORTE CE QUI S'EST PASSÉ, JE SUIS SÛRE QUE C'EST PAR TA FAUTE QUE ÇA S'EST PRODUIT ! ABRUTIE DE KOGAL !
COMMENT ? TU FAIS PORTER LE CHAPEAU AUX AUTRES DES INFIDÉLITÉS DE TON JULES ?! CRÉTINE DE KOGAL !
IDENTIQUES...
SI TU CHERCHES LA BAGARRE TU L'AS TROUVÉE !
OHH, MAIS VIENS ! RAMÈNE-TOI ! ALLEZ, J'T'ATTENDS !
VOUS DEUX !
Blue Bear Cafe
Blue Bear Cafe
LE COURS A DÉJÀ COMMENCÉ ! VA T'ASSEOIR !
JE REVIENDRAI !
BLA BLA
BLA BLA
SKRICHT
NULLE ! JE T'ATTENDS MÊME PAS !
KOTOBUKI !
HURG
HURG

HMM...
C'EST VRAI QUE LA TÊTE DES HOMMES EST PLEINE D'IDÉES COCHONNES, MAIS BON...
...C'EST PEUT-ÊTRE UN PROBLÈME DE COMMUNICATION OU DE COMPRÉHENSION ?
PAR EXEMPLE, MOI JE NE POURRAIS JAMAIS FAIRE QUOI QUE CE SOIT AVEC UNE AUTRE FILLE QUE CELLE QUE J'AIME...
ILS PENSENT QU'IL SUFFIT DE ME FAIRE DES CADEAUX OU M'INVITER POUR AVOIR UNE CHANCE AVEC MOI...
SHORT CIRCUIT
C'EST PARCE QUE TU AS L'AIR D'ÊTRE LE TYPE QUI LEUR DONNERAIT UNE CHANCE.
T'AS ENVIE DE TE FAIRE TABASSER, OTOHATA ?
JE SUIS UNE LOVE-HUNTER SOLITAIRE...
ELLE M'ÉCOUTE PAS...
LES HOMMES CHOISISSENT LES FEMMES EN FONCTION DE LA PREMIÈRE IMPRESSION.
LES FEMMES SE FONT BELLES POUR LEUR PLAIRE, ET LES HOMMES TOMBENT DANS LE PANNEAU.
LE DEUXIÈME PAS, C'EST LA BEAUTÉ INTÉRIEURE.
SHORT

SI TU NE VEUX PAS QUE LES HOMMES TE VOIENT COMME UNE FILLE LÉGÈRE, TU DEVRAIS ÊTRE PLUS DOUCE ET GENTILLE.
C'EST UNE SORTE DE BEAUTÉ INTÉRIEURE APPAREN-TE.
HMMMM
AHHN... OTOHATA...
...TU ES SI MÉCHANT, JE CROIS QUE JE VAIS PLEURER !
HAN!
BLAM
J'PEUX PAS AGIR COMME ÇA, DÉBILE !
T'ES VRAIMENT BIZARRE DANS TA TÊTE !

MAIS RAN, CE QUE JE VOULAIS TE DIRE C'EST QUE...
BILIP BILIP BILIP BILIP
OUPS !
JE DOIS Y ALLER, JE VAIS MANGER UNE TARTE CHEZ DAIKANYAMA AVEC MIYU ET AYA !
BYE !
TAP TAP TAP
EEK, CH'UIS EN RETARD !
SES DÉPRESSIONS NE SONT QUE PROVISOIRES...
...ELLE N'ÉCOUTE JAMAIS LES GENS !
T'ES EN RETARD !

TIP
T'ES TOUJOURS SUPER EN RETARD !
PARDON PARDON !
AH !!
WIM !
MON PORTABLE ! JE L'AI PERDU !
AH ?!
QUELQU'UN TE L'A PIQUÉ, À COUP SÛR !
NOOOOOON ! JE PEUX PAS VIVRE SANS MON PORTABLE !!
CE NE SERAIT PAS CELUI-LÀ PAR HASARD ?

ANNONCE
L'USAGE DE COUTEAUX !
STOP
N'UTILISEZ PAS DE COUTEAU, N'EN PORTEZ PAS, N'EN VENDEZ PAS.
POUR UNE VILLE EN PAIX ET SANS COUTEAUX.
COMMISSARIAT DE L'ARRONDISSEMENT DE SHIBUYA
AH, VRAIMENT ?

J'AI TOUT DE SUITE COMPRIS GRÂCE À LA PETITE PHOTO STICKER DE TOI DESSUS.

HOOOO
OHHH... MERCI, MERCI !!
VOUS M'AVEZ SAUVÉ LA VIE !
NAN, C'EST RIEN !
À PLUS.
AH ! ATTENDEZ, DITES-MOI AU MOINS VOTRE NOM !
TSUKASA MITANI.
EN SECONDE AU LYCÉE HÔNAN.

ANNONCE
JE NE LAISSERAI PAS TOUT IKEBUKURO...
...TOMBER AUX MAINS D'UNE SEULE KOGAL !
TAMI HONDA, MASCOTTE D'IKEBUKURO...
LES SHÔJO MANGA - DE L'ÉNERGIE ! ET DE LA PURETÉ !
GALS!
VOLUME 2 À PARAÎTRE...
GLÉNAT
VRAIMENT ?

RAN ! IL EST DE NOTRE LYCÉE ?!
HOÉE, MIYU...
...C'EST TOI QUI AS DIT QUE JE N'AVAIS QUE 5% DE CHANCE EN AMOUR CETTE SEMAINE ?
GWAAP !
EUH, OUI, MAIS...
MICHY !!
ENFIN UN BEAU MEC ! DEPUIS LE TEMPS !! IL M'ATTIRE TROOOP !
DASH
ZE N'AI FAIT QUE LIRE LE MAGAZINE !
"MICHY" ?
"MITANI" EST DÉJÀ DEVENU "MICHY" ?!
J'AI ÉTÉ VRAIMENT SURPRIS.
C'EST MARRANT QU'ON SOIT DANS LA MÊME ÉCOLE, KOTOBUKI.

APPELLE-MOI RAN ! JE T'APPELLERAI MICHY !
EUH... OK...
MICHY ?!
HMM, OU ALORS RANETTE... RANETTE ET MICHY !
MA PREMIÈRE IMPRESSION A ÉTÉ CELLE D'UNE KOGAL BRUYANTE...
...MAIS EN TE PARLANT, JE ME RENDS COMPTE QU'EN FAIT TU ES UNE FILLE GENTILLE ET DOUCE.
C'EST LA PREMIÈRE FOIS QU'ON ME DIT DES CHOSES COMME ÇA...
D'HABITUDE LES GENS COMME TOI FUIENT DÈS QU'ILS ME VOIENT !
VRAIMENT ?
C'EST PARCE QUE JE NE JUGE PAS LES GENS SUR LEUR APPARENCE.

WAHAH !!
WHOU HOUU !
J'AURAIS VOULU QUE CET ABRUTI D'OTOHATA ENTENDE ÇA !
EUH...
J'ESPÈRE QUE TU NE VAS PAS TROUVER ÇA BIZARRE SI JE LE DIS D'UNE FAÇON AUSSI SOUDAINE, MAIS...
...JE... JE CROIS QUE JE SUIS TOMBÉ AMOUREUX DE TOI...
TU NE VOUDRAIS PAS SORTIR AVEC MOI ?
SHPLASH
C'EST NON ?...
O...

OUCH !
SHPOW
C'EST OUIIIIIII !!
C'EST LA FIN DU MONDE.
RAN S'EST TROUVÉE UN JOLI GARÇON...
IL VA NEIGER DES PARAPLUIES !
REGARDE UN PEU, SON SOURIRE DE FILLE AMOUREU-SE !
ON ÉCRIT AU GUINESS BOOK ?
CE SERAIT COOL SI ÇA POUVAIT LA RENDRE UN PEU PLUS CALME !
OH, REGARDEZ ! IL Y A SUGIHARA QUI ÉPIE...
C'EST VRAI...

QUELLE HAINE DANS LES YEUX.
HÉHÉHÉHÉ, C'EST TROP MARRANT !
DEMAIN ?
OK, C'EST PARFAIT !
JE T'ATTEN-DRAI EN FACE DE L'ENTRÉE 9 DEVANT LA GARE !
OK, BYE BYE...

La raison pour laquelle j'ai fait de la famille de Ran une famille de policiers... En fait, il n'y a pas de raison particulière, j'ai juste pensé que ce serait vraiment cool ! Héhé. C'est venu naturellement quand j'étais en train de créer le caractère de Ran. En plus je voulais absolument dessiner un personnage policier. Il n'y a pas vraiment de raison, c'était juste une envie comme ça que j'avais depuis longtemps, mais je n'arrivais pas à en dessiner un. C'est alors que je suis allée pleurer sur l'épaule du merveilleux et génial, super-maître Osamu Akimoto (auteur de Kochi Kame), qui m'est venu en aide et m'a donné toute la documentation dont j'aurais pu rêver pour dessiner des policiers !!

Mille fois merci, maître Akimoto !

Une autre chose qui m'a vraiment rendue heureuse ces derniers temps, c'est de mettre lié d'amitié avec Sayaka Ichii du groupe Morning Musume !

* "HACHIKÔ, LE CHIEN FIDÈLE", EST LA STATUE, DEVANT LA GARE DE SHIBUYA, DU CHIEN QUI CONTINUAIT À VENIR LÀ TOUS LES JOURS POUR ATTENDRE SON MAÎTRE, MÊME APRÈS QUE CE DERNIER SOIT MORT.

ME TROMPER ?
OUI... TU ES SÛRE QUE TU ES AMOUREUSE ? OU NE SERAIS-TU PAS SIMPLEMENT DANS L'ERREUR PARCE QUE TU ES HEUREUSE QUE MICHY SOIT TOMBÉ AMOUREUX DE TOI ALORS QU'IL EST COMPLÈTEMENT DIFFÉRENT ?
QUAND ON EST AMOUREUX, ON N'ARRIVE PAS À ARRÊTER DE PENSER À LA PERSONNE AIMÉE, AU POINT D'AVOIR DU MAL À S'ENDORMIR.
JE CROIS QUE TU ES JUSTE ATTIRÉE PAR LUI PARCE QU'IL EST UN TYPE DIFFÉRENT DES GARÇONS QUI S'INTÉRESSENT À TOI D'HABITUDE.
LOXY
N'IMPORTE QUOI !!
ET TU TE CROIS MON AMIE EN DISANT DES TRUCS PAREILS ?!
GNAP
AOUCH !!
...
HM, C'EST VRAI QUE MICHY NE ME RECHERCHE PAS PARTICULIÈREMENT ET ON NE S'APPELLE QU'UNE FOIS PAR JOUR...
BLA BLA BLA BLA
AHH, IL Y A DES MARQUES DE DENTS DESSUS !!
OUIIIN, YAMATOOO !!
RAN-CHAN ?
QU'EST-CE QUE TU FAIS SUR HACHIKÔ ?!
PAUVRE HACHIKÔ.
AH, OTO-HATA !
S'LUT.

DIS, OTOHATA...
TU T'ÉTAIS TROMPÉ !
LE GARÇON QUE JE VOIS EN CE MOMENT, MICHY...
...IL M'AIME COMME JE SUIS, SANS QUE J'AIE BESOIN D'AGIR COMME TU AS DIT.
MICHY ?!
HMM...
BEN ALORS TU DOIS AVOIR UN BON ŒIL POUR JUGER LES HOMMES...

HOP !
PAF
JE N'AI PAS À T'ÉCOUTER !
~NAAAAH
J'AI RENDEZ-VOUS AVEC MICHY DANS QUELQUES INSTANTS ET NOUS NOUS AIMONS À FOND !
LOXY
À PLUUS !
C'EST... C'EST... C'EST QUIIII, CE MICHY ?!
TU TOMBES À UN MAUVAIS MOMENT, N°2...
渋谷店
安さ抜群
GAME
VOILÀ LES TIENNES MICHY !
COLLE-LES SUR TON PORTABLE !
COUPLE AMOUREUX !
LOXY
OK.
TON PORTABLE EST VRAIMENT SANS VIE ! IL FAUT LE DÉCORER PLUS !
AVEC DES PHOTOS-STICKERS, ETC, ETC.

YOUPI ! JE VAIS LE COUVRIR COMPLÈTEMENT DE CH'TITES PHOTOS DE MOÂ !
MI... MICHY, ÇA VA ?
HUG !
!
PARDON...
J'AI ÉTÉ... EMBAUCHÉ, POUR 400 EUROS...

...?
EMBAUCHÉ ?...
OUI... JE DEVAIS M'APPROCHER DE TOI SUFFISAMMENT...
...POUR TE BLESSER AU VISAGE QUAND TU N'Y FERAIS PAS ATTENTION...
LOXY
TOUT ÉTAIT MONTÉ, DEPUIS NOTRE PREMIÈRE RENCONTRE.
S'IL TE PLAÎT, PARDONNE-MOI DE T'AVOIR TROMPÉE !
HEP, MITANI !
QU'EST-CE QUE TU FOUS ?
SI TU VEUX TON FRIC, T'AS INTÉRÊT À FAIRE TON BOULOT !
ME DIS PAS QUE T'ES TOMBÉ AMOUREUX DE CETTE KOTOBUKI !...

SUGIHARA...
ALORS C'ÉTAIT ÇA ?...
JE NE PEUX PAS LE FAIRE !!
TSS...
QUEL NAZE !
6 F
KOTOBUKI ! ÇA FAIT UN MOMENT QUE TU ME TAPES SUR LES NERFS !
À TE LA JOUER REINE DE SHIBUYA !
LOXY
ZIASH
SI C'EST COMME ÇA...
...JE VAIS FAIRE EN SORTE QUE TU NE PUISSES PLUS T'AMENER À SHIBUYA !
BAM

ALORS TU N'AS QU'À Y ALLER...
...SI TU T'EN CROIS CAPABLE !
WOP
?!
MAIS TU N'AS PAS INTÉRÊT...
VLAM !
...À SOUS-ESTIMER RAN KOTOBUKI !

KABLAM
GRAB
!
HURG
AÏEUH
...SOUVIENS TOI DE ÇA...
SI TU VEUX PORTER LE TITRE DE KOGAL, ARRÊTE DE FRAPPER DES COUPS BAS COMME ESSAYER D'ACHETER LE CŒUR DES GENS.
LES GENS COMME TOI POLLUENT L'AIR DE SHIBUYA !
SI TU RECOMMENCES CE GENRE DE JEU, C'EST MOI QUI FERAI EN SORTE QUE TU NE PUISSES PLUS VENIR ICI !
T'AS COMPRIS ? ALORS DÉGAGE ET VITE !
TSS... ELLE EST DANGE-REUSE ...
...FI-LONS !
O... OK !

洋服の
アルミ
JE NE PENSAIS PAS QU'ELLE POUVAIT ÊTRE SI FORTE !
FERME-LA !
RAN...
EUH...
NE T'EXCUSE PAS !
SI TU T'EXCUSES, JE T'EN METS UN DANS LA GUEULE !
CE N'EST PAS ÇA !
T'AS DÛ PENSER TOI AUSSI QUE J'ÉTAIS UNE FILLE FACILE ?
DE TOUTE FAÇON, JE M'EN FICHE, MAINTENANT.
EUH... OUI... AU DÉBUT...
...MAIS MAINTENANT, JE SUIS VRAIMENT...
SI TU NE T'ES RENDU COMPTE DE MA BEAUTÉ QUE MAINTENANT, C'EST TROP TARD !
T'AS LAISSÉ S'ÉCHAPPER UN GROS POISSON !

PFFFF
AHHH, CH'UIS VRAIMENT CONNE...
MA CHANCE AVEC LES MECS N'EST PAS DE 5% MAIS DE 0% !!
RAN !!
PARDONNE-MOI !
HMM, DONC ÇA A MAL FINI...
ET POURTANT, TU N'AS PAS L'AIR SI CONTRARIÉE ?
BOF...
JE CROIS QUE TU AVAIS RAISON APRÈS TOUT. JE N'ÉTAIS PAS VRAIMENT AMOUREUSE, JUSTE ATTIRÉE PAR LUI À CAUSE DE SON TYPE DIFFÉRENT.
HAAAA
J'ÉTAIS PANIQUÉ, EN CROYANT QUE C'ÉTAIT DU SÉRIEUX !
AH !! MA MONTRE EST CASSÉE !
C'EST À CAUSE DU TUYAU MÉTALLIQUE !

SALETÉ... SI AU MOINS JE SAVAIS MIEUX JUGER LES MECS, ÇA NE SERAIT PAS ARRIVÉ...
JE CROIS QU'IL N'Y A PAS DE SOLUTION TANT QUE TU SERAS UNE KOGAL...
HÉ
...ET SI T'EN PROFITAIS POUR CONSIDÉRER QUE T'ES DIPLÔMÉE DANS LES "ARTS DES KOGALS" ET QUE TU ARRÊTAIS D'EN ÊTRE UNE ?
HUMF
CRÉTIN ! QUI S'ARRÊTERAIT D'ÊTRE UNE KOGAL ! LES KOGALS SONT INDESTRUC-TIBLES !
ZURK
C'EST DÉGUEULASSE ! N'AGITE PAS TA MORVE VERS LES GENS COMME ÇA !
TA GUEULE, C'EST JUSTE UNE ALLERGIE AU POLLEN !
AH ! RAAAAN-CHAN ! J'AI RÉUSSI À AVOIR LE DERNIER MODÈLE DE MONTRE G-SHOCK QUE TU VOULAIS TELLEMENT !!
TAPTAP
C'EST PAS VRAI ?!
YOUHOUUU !
LOXY
JE TE LE DONNE SI TU SORS AVEC MOI.
SI C'EST TOI QUI PAYES, PAS DE PROBLÈME !
ELLE N'A ENCORE RIEN APPRIS...
LA LOVE-HUNTER QUI ERRE DANS SHIBUYA...
...A-T-ELLE OU N'A-T-ELLE PAS DE CHANCE EN AMOUR ?

TOP SECRET ! L'ENFER DU CHAMP DE BATAILLE !

NOTE DE MAMAN : LE TITRE DE "CHEF DE CHANTIER" M'A ÉTÉ DONNÉ PAR TOMY DE L'ÉDITORIAL.

VERS L'ENFER DU CHAMP DE BATAILLE (4) →

RAN KOTOBUKI ! EN PLEIN DÉBUT D'ÉTÉ EN CLASSE DE QUATRIÈME.
AVEC L'APPROCHE DES VACANCES D'ÉTÉ, J'AI DÉCIDÉ D'Y ALLER À FOND, ET JE ME SUIS FAIT DÉCOLORER LES CHEVEUX ET FAIRE UNE MÈCHE ROUGE. BIEN SÛR, LES PROFS N'ONT VRAIMENT PAS APPRÉCIÉ.
TOUS LES ADULTES AUTOUR DE MOI PASSENT LEUR TEMPS À ME POURSUIVRE EN ME CONSEILLANT DE DEVENIR SÉRIEUSE. MAIS JE M'EN FICHE COMPLÈTEMENT.
JE DÉTESTE LES DEVOIRS ET LES ÉTUDES, AUSSI BIEN QUE L'EFFORT ET LA PERSÉVÉRANCE. C'EST TELLEMENT PLUS MARRANT D'ALLER S'AMUSER À SHIBUYA !
EN FAIT, JE N'AI PEUR DE RIEN DU TOUT EN CE MOMENT !

渋谷駅前
Shibuya Sta.
UC
レイク
30M
GALS!
ÉPISODE SPÉCIAL -
LE PASSÉ AGITÉ DE MIYU !

SHIBUYA
109

TOP SECRET ! L'ENFER DU CHAMP DE BATAILLE !

ET LE COMBAT ENTRE LES DEUX A CONTINUÉ... (OU PLUTÔT, CONTINUE ENCORE).

THE END

YAMA-ZAKI !
C'EST PAS TOI QUI AS BATTU DEUX DES MEMBRES DE NOTRE BANDE RÉCEMMENT ?
NE SOUS-ESTIME PAS LES "EAGLES" !
TU ES BIEN EFFRONTÉE !
SURTOUT POUR UNE GAMINE DE QUATRIÈME !
T'ÉTAIS MÊME EN TRAIN DE NOUS REGARDER DE TRAVERS À L'ÉCOLE L'AUTRE JOUR.

PFFF... ÇA DOIT ÊTRE UNE IMPRES-SION.
J'AI PAS DE TEMPS À PERDRE À VOUS REGARDER !
GRAB
QUOI ?!
BLAM
HUF !
TSHAK!
!!
SI TU VEUX PAS QUE JE TE CRÈVE, FOUS LE CAMP D'ICI VITE.
JE RIGOLE PAS.

CES DERNIERS TEMPS, IL Y A EU DE PLUS EN PLUS D'INCIDENTS, DES BAGARRES, MÊMES AVEC DES COUTEAUX, ENTRE DES ÉLÈVES DE COLLÈGE DE NOTRE ÉCOLE ET D'AUTRES.
LES PROFS ONT VRAIMENT LES JETONS !
MAINTENANT ILS VÉRIFIENT TOUS LES JOURS NOS UNIFORMES ET CE QU'ON PORTE.
C'EST VRAIMENT SUPER CHIANT !
TOI ! OÙ EST TON VRAI SAC ?
C'EST SUPER DANGEREUX, RAN !
'Y A ENCORE PLUS DE PROFS QU'HIER !
HMM...
SI C'EST COMME ÇA, ON VA ATTAQUER PAR DEVANT !

MAIIIS, EUH !! JE VIENS À PEINE DE M'ACHETER UN LECTEUR DE MD, JE NE VEUX PAS QU'ILS ME LE CONFISQUENT !
BEN ALORS ! ON VA SAUTER LA BARRIÈRE ET RENTRER PAR DERRIÈRE !
GOOD IDEA !
HOOP, À L'ATTAQUE, SATSUKI !
MÉGA-ZUT ! J'AI OUBLIÉ DE CHANGER DE CHAUSSETTES !
EN PLUS J'AI OUBLIÉ D'APPORTER LES CHAUSSETTES NORMALES !
MAIS T'ES DÉBILE ?!
EN PLUS CE TRUC EST HYPER-HAUUUT !
C'EST DANGEREUX !
WOOOH, JE TOMBE !
SHBA
DAN
WURGH !

HÉ-HO ! CHUIS PAS UN COUSSIN, TU SAIS ?!
C'EST DE TA FAUTE SI J'AI PERDU L'ÉQUILIBRE !
STAP
VOUS...
...MAIS QU'EST-CE QUE VOUS FAITES ?!!
生徒指導 SURVEILLANT
職員室*
* SALLE DES PROFESSEURS
EUH, ALORS VOILÀ...
...LES SUCRERIES SONT LE TRÉSOR DES ENFANTS EN PÉRIODE DE CROISSANCE !
LE LECTEUR DE MD NOUS EMPÊCHE DE NOUS ENDORMIR DANS LE TRAIN ET DE RATER LA STATION EN VENANT À L'ÉCOLE !...
...ET LE MAQUILLAGE, C'EST POUR PROTÉGER NOTRE PEAU DÉLICATE CONTRE LES TERRIBLES ATTAQUES DES RAYONS ULTRA-VIOLETS !
LAVE BOAT

TU PEUX VOIR QUE TOUT ÇA EST ABSOLUMENT NÉCESSITAIRE !
OUI OUI !
LE MOT EST "NÉCESSAIRE" ! ESSAYE AU MOINS DE PARLER TA PROPRE LANGUE CORRECTEMENT !
ET JE T'AVAIS DÉJÀ DIT DE TE RETEINDRE LES CHEVEUX EN NOIR !
J'AI PAS D'ARGENT POUR LES RETEINDRE...
ENCORE CETTE EXCUSE...
EN TOUT CAS, TOUT ÇA EST CONFISQUÉ POUR LE MOMENT !
CE N'EST PAS LA SEULE RAISON POUR LAQUELLE JE VOUS AI FAIT VENIR ICI, CEPENDANT.
GWAAAAAAH ?!!
VOUS SAVEZ CE QUI S'EST PASSÉ CE MATIN PRÈS DE L'ÉCOLE ?
HA ?

UNE ÉLÈVE DE TROISIÈM ÉTAIT ÉVANOUIE SUR LE TROTTOIR APRÈS S'ÊT FAIT TABASSER
IL PARAÎT QUE C'EST YAMAZAKI, DE VOTRE CLASSE, QUI AURAIT FAIT ÇA.
VRAI-MENT ?!
HM... EN FAIT IL N'Y A PAS DE TÉMOINS, DONC ON N'EN EST PAS SÛR À 100%, MAIS C'EST TRÈS PROBABLE.
WHAKSH
KOTO-BUKI !
EUH, EUH, EUH QUOIII ?
TU VIENS D'UNE MERVEILLEUSE FAMILLE DE POLICIERS.
JE TE FAIS DONC CONFIANCE EN TANT QUE FUTUR POLICIER.
TROUVE UN MOYEN D'ICI AUX VACANCES D'ÉTÉ POUR FAIRE EN SORTE QUE YAMAZAKI NE CAUSE PLUS DE PROBLÈMES À L'ÉCOLE !
HA ?! NE RIGOLE PAS ! JAMAIS JE NE DEVIENDRAI FLIC !!
SINON JE NE VOUS RENDRAI PAS LES CHOSES QUE J'AI CONFISQUÉES.
C'EST QUOI ÇA ?!
HEURG

C'EST D'AC-CORD, ALORS.
JE COMPTE SUR TOI.
HA ?!
LES PROFS ONT LE DROIT DE FAIRE CE GENRE DE TRUC ?!
HÉ ?! JE SUIS DANS LE MÊME SAC ?!
2-4
BLAH
BLAH
VOUS AVEZ ENTEN-DU ?!
IL PARAÎT QU'ELLE A TABASSÉ UNE ÉLÈVE DE TROISIÈME.
ELLE ME FAIT PEUR ! IL PARAÎT QU'ELLE TABASSE TOUS CEUX QUI L'APPRO-CHENT.
MAIS C'EST IMPOSSIBLE !
ELLE EST À LA TÊTE DU GANG QUI REMUE TOUT SHIBUYA DANS L'OMBRE, LES "RÉSISTANTS".
ON NE PEUT PAS LA FAIRE CHANGER !
DONC ON N'A QU'À LA RAMENER DANS LE DROIT CHEMIN.
MAIS SINON LE PROF NE NOUS RENDRA PAS LES TRUCS CONFISQUÉS !!
LES BONBONS VONT PASSER LA DATE DE PÉREMPTION !!
AARGH
BLAM BLAM

YAMA-ZAKI !!
QU'EST-CE QUE C'EST QUE CES CHEVEUX ?!
ET CETTE VESTE ! ENLÈVE-LA TOUT DE SUITE !
BLAM BLAM
OOPS !
LA VOILÀ QUI S'AMÈNE AVEC LES CHEVEUX DORÉS !
...
LE SURVEILLANT, MIYAUCHI, VA SE PÉTER UNE VEINE À FORCE DE S'IRRITER !
MON APPARENCE TE DÉRANGE ?
JE NE SUIS VENUE À L'ÉCOLE QUE PARCE QUE TU PASSAIS TON TEMPS À ME DIRE DE VENIR !

QU'EST-CE QUE C'EST QUE CETTE FAÇON DE PARLER ?!
VIENS TOUT DE SUITE DANS LA SALLE DES PROFES-SEURS...
ME TOUCHE PAS, DUCON !
MAIS POUR QUI TE PRENDS-TU ?!
PARCE QUE T'ES SURVEILLANT TU TE CROIS TRÈS IMPORTANT ?!
TU PENSES QU'ON VA T'ÉCOUTER PARCE QUE TU BRAILLES COMME UN ÂNE ?!
QU... QUOI ?...
BON, BON BON...

YAMA-ZAKI...
IL FAUT QUE TU SOIS PLUS COOL.
ON VIT DANS L'ÈRE DU COOL !
ET ALORS ?
KOTOBUKI.
KÈS-T'AS ?
T'ES PASSÉE DU CÔTÉ DES PROFS ?
C'EST UNE LONGUE HISTOIRE.
J'AI EU QUELQUES ENNUIS À CAUSE DE TOI.
PFF...
TOUT LE MONDE ICI DIT LA MÊME CHOSE, ALORS...
TLAK !
HÉ ! QU'EST-CE QUE TU COMPTES FAIRE ?!

SI JE DÉRANGE TELLEMENT...
KRAAASH !
...ALORS JE VAIS REPARTIR !
HURG !
WOOH !
HYAAAAH !
FOUS LE CAMP DE MON CHEMIN !
...
BLAH
CETTE... ESPÈCE DE...
RAN ! RESTE COOL !
OUI, BE COOL !

OHH, MONSIEUR... COMBIEN AVEZ-VOUS SUR VOUS ?
QUE PENSEZ-VOUS DE 400 EUROS POUR VOUS DEUX ENSEMBLE ?
ÇA VOUS EN FERAIT 200 CHACUNE. C'EST BIEN, NON ?
PFF... 200 EUROS CHAQUE, RAN.
QU'EN PENSES-TU ?
N'EST-CE PAS...
PARCO
OICITY 7F

!
...TROP PEU ?!
AH, PRÉSIDENT !
QUI AURAIT ACCEPTÉ DE SORTIR AVEC DEUX VIEUX PUANTS COMME VOUS ?!
MÊME SI VOUS M'OFFRIEZ 1.000 EUROS, VOUS DEVRIEZ ENCORE IMPLORER À GENOUX !
FICHEZ LE CAMP, LES VIEUX PERVERS !
MAIS TU ES HORRIBLE ! PAUVRE BOSS !
...
ET TU PARLAIS DE RESTER COOL... T'ES DE SUPER MAUVAISE HUMEUR !
PSSS PSSSS PSSSS
NAAAA !
C'EST À CAUSE DE YAMAZAKI ?
PAS DU TOUT !
MAIS QUAND JE VOIS CES SALAUDS, J'AI LA RAGE !
PARCO

J'ADORE SHIBUYA
...LA LIBERTÉ, LE CALME DE CE QUARTIER !...
DU COUP, DE VOIR LEUR PRÉSENCE SALIR MON TERRITOIRE, ÇA ME FAIT EXPLOSER !
EUH... DEPUIS QUAND C'EST TON TERRITOIRE ICI ?!
DEPUIS TOUJOURS.
QU... QUOI ?!
TÛÛÛÛT
VOUS QUATRE ! STOP !!
SÉPARONS-NOUS !
TÛÛÛÛT
OK !

AH, AH !
QUAND ON PARLE DU LOUP...
C'EST PAS TON FRÈRE QUI LA POURSUIT ?
HÉ
OUAIP.
ÇA FAIT MAINTENANT DEPUIS AVRIL QU'IL EST DEVENU FLIC ET A ÉTÉ AFFECTÉ À SHIBUYA.
GYAHAHAHA, IL COURT IL COURT !
AH !
WOW, IL TENTE UN SAUT !
ZWOOK !
BWHAHA ! IL A LE SENS DE L'AUTO-SACRIFICE !
SI ELLE EST ARRÊTÉE, ÇA PEUT PAS LUI POSER DES PROBLÈMES À L'ÉCOLE ?
C'EST SES OIGNONS. JE VAIS PAS LA SUIVRE MÊME HORS DE L'ÉCOLE !
DÉGAGEONS.
LÂCHE-MOI !!
CALME-TOI !
GAP KHAKIS

Sayaka est vraiment super gentille ! En plus c'est une fille sérieuse et bien élevée. Et avec ça, elle a une super volonté ! Je pense qu'une fille comme elle, qui est en même temps aussi douce et sexy, est assez rare de nos jours. M. Tsunku a bien choisi en la faisant rentrer dans le groupe ! Sayaka est trop cool ! Les Morning Musume sont trop cool ! Alors, tout le monde ensemble, continuons de les encourager !

YOUPI ! YOUPI !

Et n'oubliez pas de lire le mot de sayaka à la fin du volume !

Et voilà, c'étaient les Free Talks de GALS, volume 1... J'aurais pu continuer à écrire encore bien plus, mais je dois m'arrêter là, du moins pour ce volume. si vous avez des questions à me poser ou des sujets que vous voudriez que j'aborde, n'hésitez pas à m'écrire !

Merci beaucoup de m'avoir lue jusqu'ici !

BEN... ...C'EST VRAI QUE N'AYANT QUE 23 ANS JE N'AI PAS ENCORE BEAUCOUP D'EXPÉRIENCE...
...ET DU COUP JE SUIS PARFOIS UN PEU PERDU DANS UN POSTE DE POLICE AUSSI IMPORTANT ET MOUVEMENTÉ QUE CELUI DE SHIBUYA.
RÔO...
SHIBUYA-1
HMM...
C'EST DÉJÀ LA 4ÈME FOIS QU'ELLE EST ARRÊTÉE ! CETTE FOIS-CI C'EST POUR UNE TENTATIVE DE VOL...
QUOI ?... ELLE EST EN QUATRIÈME SEULE-MENT ? C'EST LE MÊME ÂGE QUE RAN !
HA !
OUPS ! ÇA VA PAS ?! MON BOULOT EST DE RAMENER CETTE JEUNE FILLE DANS LE DROIT CHEMIN !
C'EST UN BOULOT SUPER IMPOR-TANT !
BON... C'ÉTAIT CERTES UNE TENTATIVE DE VOL À L'ÉTALAGE EN GROUPE, MAIS...
...COMME ÇA N'A PAS ABOUTI ET QU'IL N'Y A PAS EU DE BLESSÉS NI DE PLAINTE...
...EUH, TU M'ÉCOU-TES ?
...
ELLE DORT...
Z

EUH, M.SAKA-GAMI, ELLE S'EST ENDORMIE, QU'ES-CE QUE JE FAIS ?
ALORS J'AI OUBLIÉ TOUT CE QUE J'AVAIS ACHETÉ DANS CES TOILETTES PUBLICS ET...
HM ?
MAIS TU LA RÉVEILLES, BIEN SÛR !
DAM!
HM ?!
GABADABAW
AH !
ELLE S'EST ENFUIE !!
HA, LE NUL !
MAIS TU ES VRAIMENT CRÉTIN ?!
VOUS AVEZ NOTÉ ?
L'AGRI-CULTURE DANS LES MONTAGNES DE LA RÉGION CENTRALE EST SURTOUT BASÉE SUR...

DIS, DIS, ON FAIT QUOI CET APREM' APRÈS LES COURS ?
ON VA ALLER SE TAPER DES CRÊPES CHEZ SHELL'S !
LES VÉGÉTAUX, TELS QUE LE CHOU, LA LAITUE, LE CHOUX CHINOIS...
ZASH
KOTOBU-KIIIIII !! TU M'ÉCOU-TES ?!
YEEK !
J'ÉCOUTAIS BIEN ! LA RÉGION QUI PRODUIT LE PLUS DE THÉ AU JAPON EST LE HOKKAIDÔ.
NON ! C'EST SHIZUOKA !!
JE CONTINUE. POUR LA PROVINCE DE KÔFU...
HAH

YAMA-ZAKI !
AS-TU UNE IDÉE DE L'HEURE QU'IL EST ?
ON EN EST DÉJÀ AU 5ème COURS DE LA JOURNÉE !
T'AS QUELQUE CHOSE À ME DIRE ?
AVEC QUELQU'UN COMME TOI DANS LA CLASSE, ON N'AURA QUE DE LA MAUVAISE INFLUENCE SUR LES AUTRES !
SI TU N'AS PAS ENVIE D'ÉTUDIER, ALORS REPARS !
LA FERME !
TU SAIS RIEN FAIRE D'AUTRE QUE GUEULER ?

CO... COMMENT ?!
T'APPROCHE PAS DE MOI, J'SUIS TROP DANGEREUSE !
VOUS AUTRES LES ADULTES, VOUS PASSEZ VOTRE TEMPS À ME REGARDER AVEC HAINE ALORS QUE VOUS TREMBLEZ DE PEUR DEVANT MOI !
!
QU'EST-CE QUE TU AS DANS LA POCHE ?!
CE NE SERAIT PAS....
ET SI C'ÉTAIT UN COUTEAU, TU FERAIS QUOI ?
VOUS AVEZ TOUS PEUR DE CREVER...
SI TU PENSES VRAIMENT QUE J'AI UN COUTEAU, ALORS JE N'AI QU'À LE SORTIR ICI POUR QU'ON VOIE SI T'AS RAISON OU PAS, MAIS ALORS...

YAMA-ZAKI...
TU...
RAS LE BOL !
TAK
QUOI ?...
J'EN AI RAS LE BOL...
...DE TA FAÇON D'AGIR !
C'EST SALE.
PFF...
VOILÀ LE CHIEN DES PROFS QUI SE MET À ABOYER, MAINTENANT !

EH BEN LES PROFS SONT UNE ESPÈCE QUI NE PORTE PAS DE COUTEAU.
TU NE JOUES DONC PAS FAIR-PLAY CONTRE EUX SI TOI T'EN AS UN !
KOTO-BUKI...
...T'AS VRAIMENT ENVIE DE ME FOUTRE EN ROGNE, NON ?
FAIS-MOI RIRE !
LE FAIT DE PORTER UN COUTEAU EST LA PREUVE MÊME DE TA FAIBLESSE !
TU TE PRENDS JUSTE POUR QUELQU'UN DE FORT, ALORS QU'EN FAIT T'ES NULLE !
FERME-LA ! JE VAIS T'ANNIHILER !
T'AS QU'À VENIR, SI T'EN ES CAPABLE !
HARG !
VOUS DEUX !
YAMAZAKI ! KOTOBUKI !
PAF

HARG HURG
KÈS TU FOUS ?!
JE T'AI DIT DE NE PAS CAUSER DE PROBLÈMES DANS L'ÉCOLE !
MIYAUCHI, RETENEZ L'AUTRE !
LÂCHEZ-MOI !
JE VAIS LUI RÉGLER SON COMPTE !!
CALME-TOI !
BLAG
KRAK
AHH, TROP LA RAGE !!
KOTO-BUKI !
...
C'EST VRAI ? TU VAS M'ACHETER AUSSI CELLE AUX FRAISES AVEC DU AZUKI ?!
CHUIS TROOOP CHANCEUSE AUJOUR-D'HUI !

IDIOTE, C'EST PRÊTÉ, PAS DONNÉ !
C'EST PARCE QU'IL TE MANQUE DU SUCRE DANS TON CERVEAU VIDE, C'EST POUR ÇA QUE TU T'EMPORTES AUSSI FACILEMENT !
WOH...
ET POURTANT, JE FAIS PREUVE DE PATIENCE !
MAIS YAMAZAKI AUSSI EST TERRI-BLE !
C'EST POUR ÇA QUE DÈS QUE VOUS ÊTES TOUTES LES DEUX, ÇA DÉGÉ-NÈRE.
ELLE MANQUE DE SUCRE ELLE AUSSI ?
JE M'DEMANDE POURQUOI... LA QUATRIÈME EST QUAND MÊME UNE DES ANNÉES LES PLUS TRAN-QUILLES DE TOUTES !
POURQUOI ELLE EST TELLEMENT EN COLÈRE CONTRE TOUT ?
QU'EST-CE QUI LA MET DANS CET ÉTAT ?

CD 輸入盤 中古盤
BOSS...
IL Y A UN TRUC.
B2
LES GARS DU "EAGLE" DISENT QU'ILS VONT SE VENGER DE NOUS POUR LEURS MEMBRES QUI SE SONT FAIT DÉMOLIR L'AUTRE JOUR.
OK.
NON, VRAIMENT...
...SHIBUYA EST DE MOINS EN MOINS SÛR !
LAISSE-LES TOMBER.
ON LES AFFRONTERA S'ILS VIENNENT VRAIMENT.
C'EST À CAUSE DE TOUTE CETTE RACAILLE JEUNE.
FIOU !
ILS SONT LES REBUTS DE LA SOCIÉTÉ !
IL FAUDRAIT LES ENFERMER TOUS DANS DES PÉNITENCIERS JUVÉNILES.

LA CHASSE EST OUVERTE.
ATTRAPEZ CES DEUX-LÀ !
OK !
EN PLUS, AVEC LA CRISE, LE JAPON...
HEY !
HM ?
QU'EST-CE QUE VOUS FAITES ?!
URG !
LE VIEUX !
SI TU VEUX PAS TE BLESSER...
...FILE-NOUS TON BLÉ !
KLAM

JR
KOBAN
POURQUOI T'AS FAIT ÇA ?
CE N'EST PAS SIMPLEMENT PARCE QUE TU VOULAIS DE L'ARGENT, N'EST-CE PAS ?
TU M'EMMERDES !
TU VEUX TE FAIRE DÉFONCER LA FIGURE ? ME CHERCHE PAS !!
SI TU AS DES PROBLÈMES, PARLES-EN ! JE T'ÉCOUTE !
BOM
PAF
ON VA EN PARLER JUSQU'À CE QUE TA MÈRE VIENNE TE CHERCHER.
JE NE TE LAISSERAI PAS T'ENFUIR AUJOURD'HUI !

HA ! C'EST INUTILE. ELLE VIENDRA PAS !
POUR ELLE, LES MECS SONT BIEN PLUS IMPORTANTS QUE MOI !
LES HOMMES ?
DEPUIS QU'ELLE S'EST SÉPARÉE DE MON PÈRE, ELLE PASSE TOUT SON TEMPS À ESSAYER DE SE TROUVER UN MEC, ELLE RENTRE À PEINE !
AH BON...
EXCUSE-MOI DE T'AVOIR POSÉ CETTE QUESTION...
J'M'EN FOUS.
FICHE-MOI LA PAIX.
JE NE PEUX PAS FAIRE ÇA.
JE SAIS QUE TU NE VEUX PAS ME PARLER, MAIS...
...JE VEUX VRAIMENT T'AIDER.
IL FAUT QUE TU EN PARLES.
CES VIEUX...
HM ?

CES SALES CONS...
...ILS ONT DIT QU'ON ÉTAIT LES REBUTS DE LA SOCIÉTÉ, MES COPAINS ET MOI...
...ALORS JE LEUR AI CASSÉ LA FIGURE, ET ILS ONT DÛ CROIRE QUE J'ALLAIS LES TUER OU UN TRUC DU GENRE...
...ALORS ILS SE SONT MIS À IMPLORER POUR LEUR VIE...
IMPLORER LES REBUTS DE LA SOCIÉTÉ...
IL Y A DE QUOI RIRE !
"REBUTS DE LA SOCIÉTÉ"...
CE QU'ILS ONT DIT EST HORRIBLE.
...
...MAIS...
DES FOIS JE NE SAIS PAS MOI-MÊME...
SI JE SUIS VIVANTE OU MORTE...
CE QUE JE SUIS...

SI ÇA SE TROUVE, CE QUE LES VIEUX ONT DIT EST VRAI...
...
MAIS...
...TU AS ÉTÉ BLESSÉE PAR CES MOTS, N'EST-CE PAS ?
ÇA PROUVE QUE TU AS UN CŒUR.
QUE TU ES UN ÊTRE HUMAIN, AVEC DU SANG DANS TES VEINES.
フリーダイヤル
0120-0060XX
AH, OUI, TIENS...
C'EST QUOI ?
C'EST LE NUMÉRO DE MON PORTABLE. SI TU AS DES PROBLÈMES OU QUE TU ES TRISTE, N'HÉSITE PAS À M'APPELER.
J'ESSAIERAI DE VENIR T'AIDER, DANS LA MESURE DU POSSIBLE.
030-5543-67xx

DE TEMPS EN TEMPS, IL FAUT S'APPUYER SUR LES AUTRES AUSSI.
TU NE PEUX PAS TOUT RÉGLER TOUTE SEULE.
KREK
QUI...
...QUI VOUDRAIT S'APPUYER SUR UN LOSER DE TON ESPÈCE ?
POUR QUI TU TE PRENDS, CRÉTIN ?!
C'EST UN ÂGE DIFFICILE...
HAAH
AH ! ELLE S'EST ENCORE ENFUIE !
JE VAIS ME REFAIRE GRONDER !!

TOWER
宮下公園
OH, BOSS !
ON S'INQUIÉTAIT POUR TOI !
SHIN'YA ET MAKOTO NE SONT PAS ENCORE LÀ.
ILS SE SONT PEUT-ÊTRE FAIT PÉCHO.
AH BON...
C'EST DANGEREUX DE RESTER TOUS ICI.
SÉPARONS-NOUS POUR CE SOIR.
OK.
ZAM
YAMAZAKI !

VOUS AVEZ TABASSÉ LES NÔTRES, HMM ?
BEN ON EST VENUS VOUS RENDRE LA PAREILLE !
OH, CE SONT LES "EAGLES" !
OH NON ! ON EST EN DÉSAVANTAGE !
FI... FICHONS LE CAMP ! VITE !
ON SE BARRE !
D'ACCORD !
GWAP
...
C'EST MOI QUI AI TABASSÉ VOS NAZES DE MEMBRES.
C'EST DONC MOI QUI ME BATTRAI SEULE !

COOL !
LE VAINQUEUR CONTRÔLERA TOUT SHIBUYA !
ZAM
T'AS DU COURAGE !
ATTEN-DEZ UN PEU !
WOOSH
HOP!
SWOOP
?!

KOTO-BUKI !
HEP, LE BÉBÉ, ME FAIS PAS RIRE !
RENTRE BIEN GENTIMENT CHEZ TOI ET VA FAIRE DODO, OK ?
!!!
KABLAMMM
WERG !
BOSS !!
FAIS DODO TOI-MÊME.
J'AI DES COMPTES À RÉGLER AVEC YAMAZAKI.
LE VAINQUEUR SE RÉCUPÈRE SHIBUYA ?
TROP BIEN ! JE RENTRE DANS LA COURSE MOI AUSSI !

TU VIENS DE FAIRE UNE BELLE ERREUR !...
ALLEZ, AMÈNE-TOI !
LES COUTEAUX SONT INTERDITS !
ON VA SE BATTRE POUR DE VRAI, JUSTE AVEC NOS POINGS !
WIP, WIP
ZAM !
SALE-TÉ !...
TU TE PRENDS BIEN AU SÉRIEUX !
BAKSHAM !

TU PASSES TON TEMPS À TE MÊLER DE MES AFFAIRES !...
WHO WHO !
JE DÉTESTE LES GENS COMME TOI PLUS QUE TOUT !
BLAM
BAM
OUCH !
LA FERME, PAUVRE TARÉE !
C'EST QUI LA TARÉE ?!
NE TE FAIS PAS PASSER POUR UNE JUSTICIÈRE !
OUCH !
PAF
PAF
JE VAIS TE FRAPPER...
...JUSQU'À CE QUE TOUTE LA POURRITURE EN TOI SORTE !

T'ES PAS SI NULLE EN BASTON !...
...MAIS CELUI-CI SERA LE COUP DE GRÂCE !!
DANS TES RÊVES !!
BAM
BAKAM
...
SHBA
PLOF

U... URG...
...J'ME SUIS ÉCROULÉE UNE SECONDE PLUS TARD, J'AI GAGNÉ !
ME... MERDE, J'AI PERDU...
GWUP!
藤井病院
AH, TU OUVRES LES YEUX ?
TU ES À L'HÔPITAL.
ON T'A AMENÉE EN AMBULANCE.

!
ON A APPELÉ LE NUMÉRO DE TÉLÉPHONE QUI ÉTAIT MARQUÉ SUR LE PAPIER QUE TU TENAIS SERRÉ DANS TA MAIN, ET CETTE PERSONNE EST VENUE.
L'AUTRE JEUNE FILLE QUI ÉTAIT AVEC TOI N'AVAIT QUE DES BLESSURES LÉGÈRES, ET ELLE EST DÉJÀ RENTRÉE CHEZ ELLE, MAIS COMME L'OS DE TON NEZ EST FISSURÉ, NOUS DEVONS TE GARDER ICI ENCORE UN MOMENT...
S'IL Y A LE MOINDRE PROBLÈME, N'HÉSITEZ PAS À M'APPELER.
MERCI BEAUCOUP.
LE PAPIER... JE SUIS CONTENT QUE TU NE L'AIES PAS JETÉ...
...VRAI-MENT.
...
NE FAIS PLUS CE GENRE DE CHOSES...
...TU AS DU MONDE QUI S'INQUIÈTE POUR TOI, À COMMENCER PAR MOI.

TU...
JE CROYAIS QUE TU ÉTAIS COMME TOUTES LES AUTRES PERSON-NES...
...ET QUE TU ALLAIS SÛREMENT ME LAISSER TOMBER À MI-CHEMIN...
JE NE FERAI JAMAIS ÇA.
JE TE L'AI DIT, NON ? TU PEUX ME FAIRE CONFIANCE.
C'EST VRAI ?...
TU LE JURES VRAIMENT, EN NOUS SERRANT LES DOIGTS ET TOUT ?
OUI.

TU ES UN DRÔLE DE FLIC...
HÉ
HA !
OH ! ÇA NE VA PAS, YAMATO ! POURQUOI TON CŒUR BAT AINSI ?! CE N'EST QU'UNE ENFANT DE QUATRIÈME !
IL NE FAUT PAS, IL NE FAUT PAS !
LE P'TIT DOIGT, LE P'TIT DOIGT !
APRÈS ÇA, LE GROUPE DES "RÉSISTANTS" S'EST DISSOUS À CAUSE DE MA VICTOIRE...
....MIYU ET MOI SOMMES DEVENUES DE GRANDES AMIES, PEUT-ÊTRE BIEN PARCE QUE NOUS NOUS ÉTIONS BAGARRÉES AVEC TANT DE FÉROCITÉ...
MIYU EST TOMBÉE AMOUREUSE DE MON IDIOT DE FRÈRE AÎNÉ ET EST DEVENUE SUPER DOUCE ET GENTILLE, CE QUI FAIT ENCORE PLUS PEUR AUX PROFS...
...ET QUANT À MOI...
SALLE DES PROFESSEURS
職員室
KOTO-BUKIII !!

QU'EST-CE QUE C'EST QUE CES CHEVEUX ?!
AH, C'EST RIEN, J'AVAIS JUSTE ENVIE DE CHANGER !
ALORS, VOUS ALLEZ NOUS RENDRE LES TRUCS CONFISQUÉS ?
NON ! PAS TANT QUE TU NE SERAS PAS DEVENUE SÉRIEUSE !
QUOI ?! MAIS ELLE NE CAUSE PLUS DE PROBLÈMES !
HURG
QU'EST-CE QUE C'EST QUE ÇA ?...
VOUS AVIEZ UN ACCORD ?
C'EST AFFREUX !
RENDS-LES-NOUS !
NON !
LES BONBONS VONT POURRIR ! (PLEURS)
MA JEUNESSE EST SUPER EXCITANTE !
ET ELLE VA CONTINUER DE LE DEVENIR ENCORE PLUS À CHAQUE FOIS !!
FIN DU VOLUME 1 DE GALS !!

POSTFACE

Waah ! Le volume 1 est sorti, je suis si heureuse !
Je suis si contente que la série continue, aussi !
C'est grâce à vous tous ! Merci beaucoup !!

Je m'amuse énormément pendant que je dessine
GALS, et j'espère que vous vous amusez aussi
en lisant ce manga !

Je lis toutes vos lettres et e-mails, et je regarde
aussi les dessins des lecteurs (qui sont publiés dans
le magazine dans lequel GALS paraît, au Japon).

Je vais continuer de m'efforcer à faire
de mon mieux, alors continuez à m'encourager !

En dernier, je voulais remercier ma mère,
qui m'aide toujours quand je suis enfoncée
complètement dans l'enfer des dates pour rendre
le manga, toute ma famille qui ne cesse de m'aider,
Maître Akimoto qui m'a donné de la documentation
pour le manga, Tomy, de la partie éditoriale,
qui me donne toujours des conseils précieux,
et bien sûr tous mes lecteurs, ainsi que Sayaka,
qui a bien voulu écrire des commentaires sur
la page d'à côté ! Je vous remercie tous
de tout mon cœur ! Merciii ! MIAOWW...

Rendez-vous dans le volume 2 !
(Quoi ? Un volume 2 ? Pour de vrai ?! Oh oui, oh oui !!!)

La vie est comme le feu !

(© ran...)

See you next !

1999. summer. Mihona. F

← C'EST TON TOUR, SAYAKAAA !!

COIN DES INVITÉS SPÉCIAUX !!

MORNING MUSUME !

❀ LE COIN DE SAYAKA ICHII ❀

TOUS MES COMPLIMENTS POUR CE PREMIER VOLUME DE GALS !!

C'EST MOI, SAYAKA ! HÉHÉ...

MERCI BEAUCOUP ! BONJOUR ! JE SUIS ICHII. TOI, QUI LIS CE LIVRE EN CE MOMENT, TU TE DEMANDES CE QUE JE FAIS LÀ, NON ? C'EST PARCE QU'EN FAIT... EN FAIT EN FAIT !! ... JE SUIS UNE AMIE DE MIHONA !!

IL DOIT Y AVOIR BIEN DES GENS QUI ONT RÉPONDU SURPRIS : "AH BON, VRAIMENT ?!" MAIS C'EST BIEN VRAI ! ON S'APPELLE DE TEMPS EN TEMPS. POUR MOI, QUI LIT DES SHÔJO MANGA DE CETTE COLLECTION DEPUIS QUE JE SUIS TOUTE PETITE, C'EST UN PUR BONHEUR ! ÇA FAIT DEPUIS QUE JE SUIS EN CE2 QUE J'ACHÈTE DES MANGAS DE LA COLLECTION RIBON ! SALUUUUT, MIHONA !

À BIENTÔT, MAÎTRE MIHONA !

Saluuuuut, Sayaka ! C'est vrai, Sayaka était une fillette Ribon à part entière ! Youhou ! Je vais continuer à dessiner tout en écoutant les chansons des Morning Musume ! Merci pour ton message si adorable, Sayaka !

Voilà un dessin que mon frère a fait juste pour rigoler, et que j'ai mis ici comme surprise. C'est complètement loufoque ! (rires) Merci pour les fausses annonces partout dans le volume, grand frère !

GALS !

First published in Japan in 1999 by SHUEISHA Inc., Tokyo.

Edition française
Traduction : Kodachiko Kureru
Adaptation graphique & lettrage : Vincent Léone & Bakayaro!

BP 177, 38008 GRENOBLE Cedex.
ISBN : 2.7234.4232.2
ISSN : 1253.1928
Dépôt légal : mars 2003

Imprimé en France par Maury-Eurolivres
45300 MANCHECOURT - FRANCE

Les Éditions Glénat présentent

漫画

漫画 **Glénat**

MARMALADE BOY
Wataru Yoshizumi
Tomes 1 à 6

NINKÛ
Koji Kiriyama
Tomes 1 à 9

RANMA 1/2
Rumiko Takahashi
Tomes 1 à 38

SAILOR V
Naoko Takeuchi
Tomes 1 à 3

MICHAEL ?!
Makoto Kobayashi
Tomes 1 à 3

NORITAKA
Murata / Hamori
Tomes 1 à 18

NOUVEAUTÉ

RAVE
Hiro Mashima
Tome 2

NARUTARU
Mohiro Kitoh
Tomes 1 et 2

POKÉMON

PIKACHU

Asada / Tsukirino / Mato / Kusaka

Attrapez-les tous ! T. 1 et 2
La grande aventure ! T. 1 à 6

Pikachu Adventures : T. 1 à 5

NEON GENESIS EVANGELION
Yoshiyuki Sadamoto
Tomes 1 à 7

ONE PIECE
Eiichiro Oda
Tomes 1 à 13

SAILOR MOON
Naoko Takeuchi
Tomes 1 à 18

SAND LAND
Akira Toriyama
Tome 1